불완전 채식주의자

입맛과 신념 사이에서 써 내려간 비거니즘 지향기

불완전 채식주의자

정진아 지음

허밍버드
Hummingbird

　재능이 이상을 따라가지 못하는 사람, 그게 나였다. 술은 좋아하는데 주량이 따라 주질 않았고, 예술가를 동경했지만 음악이든 미술이든 예술적 재능은 전무했다. 사람들 앞에 당당하게 나서는 모습을 꿈꾸면서도 실제로는 조금만 주목을 받아도 심장이 쿵쾅거리고 도망치고 싶어졌다. 내가 꿈꾸는 나는 언제나 까마득하니 멀리 있었고, 그 뒤꽁무니를 아무리 바쁘게 쫓아가도 끝내 잡을 수 없었다. 먹고, 사는 일도 별반 다르지 않았다. 생계유지의 의미가 아니라 말 그대로 음식을 섭취하는 일 말이다. 내 입에 들어가는 음식을 선택하고 조절하는 건 주량이나 예술적 재능처럼 타고나는 자질도 아니기에 얼마든지 내 노력에 따라 뜻대로 할 수 있는 일이라 생각했다. 그러나 이조차 내 마음 같지 않았다. 내가 이루고 싶은 식생활과 내 입에서 원하는 음식 간의 괴리는 이상과 현실 간의 그 어떤 차이보다 나를 괴롭게 만들었다.

아주 어렸을 적 내가 제일 맛있게 먹던 음식은 붉고 싱싱한 소의 간이었다. 네다섯 살 무렵 엄마, 아빠 손을 붙잡고 단골 곱창집에 따라가면 가게 사장님은 항상 소의 생간을 내어 주셨다. 먹고 있는 음식 이름조차 똑똑히 발음하지 못하는 입으로 익히지도 않은 소의 간을 오물오물 잘도 받아먹었다. 기름장에 콕 찍어 냠냠 꼭꼭 씹어 먹던 그 맛이 어찌나 입에 잘 맞았던지 소고기를 먹지 않게 된 지금도 생간을 보면 입 안에 맛과 향이 맴도는 듯하다. 스스로 음식의 선호를 분명히 밝히고 요구할 수 있게 되었을 즈음엔 날달걀에 빠졌다. 주방에서 톡 하고 달걀 깨는 소리만 들리면 재빨리 달려가 보채는 통에 엄마는 달걀 요리를 할 때마다 소리를 내지 않기 위해 조심했다고 한다. 엄마의 본가에 갈 때면 할머니는 나를 조용히 불러 노른자에 참기름 한 방울 똑 떨어뜨려 먹여 주시곤 했다. 할머니가 주셨던 달걀에서는 첫 손주를 향한 사랑의 맛이 났다.

한창 먹성 좋던 중고등학생 때에는 친구들과 만나면 일단 돈가스집으로 직행했다. 돈가스를 먹은 뒤 과일빙수 가게에서 토스트를 리필해 가며 실컷 수다를 떨다가 노래방에서 좋아하는 아이돌 노래를 열창하며 마무리하는 일정은 그 시절 우리에게 확실한 행복을 보장하는 코스였다. 그때그때 취향에 따라 어느 날은 햄버거로, 또 어느 날은 순대볶음으로 시작했다. 성인이 되어 술을 마시기 시작하면서부터 육식 생활의 즐거움은 한층 더 다채로워졌다. 고깃집으로 향하는 발걸음은 언제나 흥에 겨웠고, 취기와 포만감으로 기분 좋게 들뜬 사람들 사이에서 한바탕 먹고 마시면 온갖 스트레스가 날아가는 것만 같았다. 한입 가득 고기쌈을 우물거리며 한 손에는 집게를 들고, 다른 손으로는 술잔을 부딪치는 내 모습은 누가 봐도 행복해 보였을 것이다.

그랬다, 나는 육식주의자 그 자체였다. 즐거운 순간을 기록한 삶의 페이지마다 고기가 함께였다. 음식 맛을 느끼고 기억하던 순간부터 20년이 넘는 시간 동안 고기가 사라진 식탁은 상상한 적도 없었다. 고기 없는 세상이라니 생각하기도 싫었다. 육식은 단순한 음식을 넘어 내 인생의 즐거움, 아니

인생을 더욱 충만하게 만드는 핵심 요소나 다름없었다. 그렇게 '육식주의자는 오래오래 고기를 먹으며 행복하게 살았답니다'로 끝날 줄 알았던 내 삶은 어느 날 갑자기 동화에서 다큐로 장르가 바뀌어 버렸다. 2010년 말의 일이었다. 구제역 발생으로 수백만 마리의 농장동물이 살처분됐다. 그중 상당수는 살아 있는 채로 매장당했다. 죽음을 눈앞에 둔 생명의 본능적인 울부짖음, 그 처절하고 슬픈 비명에 나는 잠에서 깨어났다. 그때부터 나에게 고기는 단순한 음식이 아니라 '숨이 붙은 생명'이 되었다.

고기를 더 이상 음식으로만 생각할 수 없게 되면서부터 식사 시간에 완전한 기쁨이 사라졌다. 인터넷에 보면 '평생 치킨 안 먹고 1억 받기 vs 1억 안 받고 평생 치킨 먹기' 같은 종류의 양자택일을 묻는 게시물이 종종 올라온다. 실제 일어날 일 없는 상황을 가정했을 뿐인데도 사람들은 꽤 진지하게 고민하고 분분한 대답을 내놓는다. 그 정도 금액이면 그냥 치킨을 먹으며 살겠다는 의견도 있고 그깟 치킨 포기하고 돈을 선택하겠다는 답변도 있다. 그런데 나는 현실에서 돈도 받지 않고 치킨도 평생 먹지 않겠다는 선택을 한 셈이니 그 괴로움은 이루 말할 수 없었다.

　동시에 결코 단념할 수 없을 것 같았던 다양한 즐거움 역
시 고기와 함께 멀리 떠나보내야 했다. 햇살과 바람 모두 적
당히 기분 좋은 초여름 날 한강 공원에 돗자리 펴고 앉아 먹
던 '치맥'도, 친구들과 놀러 간 펜션에서 숯불 피워 놓고 다
같이 구워 먹던 삼겹살도 이제 모두 내 인생에서 사라진다
는 뜻이었다. 그렇다고 실천하는 자의 성취감과 자긍심이 육
식 생활의 기쁨을 대체할 만큼 채식 생활을 완벽하게 해내는
것도 아니었다. 스스로의 다짐을 제대로 지키지 못하고 고기
를 먹은 날이면 자신에 대한 실망과 죄책감, 자괴감 같은 감
정들이 나를 괴롭혔다. 결국 나는 철저한 실천가도 아니면서
맘껏 육식을 즐길 수도 없는, 이도 저도 아닌 상태로 육식주
의와 채식주의 사이를 갈팡질팡 헤매게 되었다.

　동물의 삶에 관심을 가진 뒤부터 일상생활의 여러 측면에
서 방식의 전환을 시도해 왔고 어느 정도 변화에 성공한 부
분도 있었지만, 채식은 그렇지 못했다. 고기를 먹지 않겠다
고 다짐하면서부터 생각대로 행동하기 위해 노력했지만 결

국 입맛까지 바꿀 수는 없었다. 친하지 않은 이들과 식사를 할 일이 생겼을 때 '무슨 음식 좋아하냐'는 질문을 받으면 목구멍에 맴도는 '돈가스랑 닭똥집!' 소리를 꿀꺽 집어삼키고 '고기만 아니면 괜찮다'고 대답한다. 방금 전 치킨이 타고 내린 게 분명한 엘리베이터에 들어서면 닭다리를 집어 들고 시원한 맥주를 들이켜는 내 모습을 떠올린다. 친구와 함께 간 식당에서는 불판에 구워지는 고기를 앞에 두고 덤덤한 척 국수만 후룩거리다 결국 못 참고 고기 한 조각을 먹어 버리기도 한다. 선택의 순간마다 '고기를 끊어야지'라고 수도 없이 되뇌는 머릿속 한편에는 즐거웠던 육식 생활의 기억이 여전히 생생하고, 내 미각세포는 아직도 고기에 제일 격하게 반응한다.

이런 상황이니 처음 채식에 대한 글을 써보자고 제안을 받았을 때 당연히 당치도 않는 일이라고 생각했다. 요즘에는 육식을 둘러싼 다양한 문제점들이 점점 더 부각되면서 채식주의자가 되겠다고 선언하는 사람이 늘고 있다. 그중에는 완전 채식, 비건(Vegan)의 삶을 실현 중인 이들도 많다. 반면 나는 비건은커녕 비육식조차 완벽하게 해내지 못하는 사람인데 내가 채식에 대해 떠들 자격이 있을까? 한때 누구보다 고기를 좋아했고 솔직히 말하면 아직도 내 입맛은 육식주의자를 벗어나지 못했는데? 이런 인간이 채식에 대해 이야기한다는 건 어불성설로 느껴졌다. 훌륭한 실천가들 사이에서 '채식이 어쩌고저쩌고' 하는 나 자신을 생각하니 민망함에 얼굴이 화끈거릴 지경이었다.

그러다 문득 이런 생각이 들었다. '저런 애도 하는데 나도 한번?'의 대상 정도는 될 수 있지 않을까. 완벽한 실천으로 타의 모범이 되는 인간은 아니더라도 '쟤보다는 내가 낫겠다' 싶어서 시도해 볼 엄두를 내게 만드는 계기 정도는 가능할 법도 싶었다. 때로는 누가 봐도 경탄스러운 성공담보다 그저 그런 지질한 실패담이 더 용기를 줄 때도 있지 않던가. 아니 애초에 채식 권장의 목적이 아니면 또 어떠한가. 동기 부여의 역할은 못하더라도, 스스로의 모순을 끌어안고 끙끙거리며 사는 사람이 어디 나 하나뿐이랴. 자신만의 독특한 개성에 목매는 시대라지만 이런 별스럽고 잡스러운 생각을 하는 게 나 혼자는 아니었다는 사실을 알면 누군가는 안도감을 느낄지도 모른다.

열띤 자기합리화 과정을 거쳤지만 그렇다고 해서 걱정과 두려움을 완전히 떨쳐 낸 것은 아니다. 서른을 훌쩍 넘기고, 실수가 남들에게는 실력 부족으로 읽히는 나이가 되면서부터 '자신의 잘못이나 실수를 남에게 드러내지 말라'는 말을 적잖이 들었다. 나의 약점이 누군가에게는 이점이 되어 결국 내 목을 조이는 멍에로 돌아올 수도 있다는 것이다. 비육식을 지향해 온 나의 과정 역시 누군가에게는 조롱거리에 불과한, 그저 형편없는 실패담으로 여겨질 수도 있다. 그런 생각을 하면 자꾸만 움츠러들기도 한다. 그럼에도 이야기를 하는 건 비록 거쳐 온 과정이 지지부진했을지라도 나는 여전히 시도하기를 멈추지 않고 있기 때문이다. 누구나 그렇듯 자신만의 발자국으로 빼곡한 각자의 삶은 하나의 단어로 정의할 수 없고 한 토막만 가지고 재단할 수도 없다. 성공담보다 실패담에 가까울지도 모르는 내 이야기 역시 그 사이를 채우고 있는 고민과 노력만은 공허하지 않을 것이라고 믿는다.

정진아

차례

일상에서 채식을
처음 접한 날

어느 해 여름날이었다. 지하철에서 내려 주변을 잠시 두리번거리다 방향을 잡고 걷기 시작했다. 스마트폰도 없던 때라 손에는 약도를 프린트한 종이 한 장만을 꼭 쥔 채였다. 비교적 이른 시간이었는데도 햇살은 빠르게 뜨거워지고 있었다. 정수리가 뜨끈하게 달아오르는 걸 느끼며 걷고 또 걸었다. 약도 종이를 접었다 폈다 하며 걸은 지 20분쯤 되었을까. 드디어 목적지에 도착할 수 있었다. 안 그래도 더위에 약한 데다 초행길의 긴장감, 약속 시간을 맞춰야 한다는 조급함까지 더해져 목적지에 찾아온 것만으로 나는 이미 지쳐 있었다. 그래도 이제 실내에 들어가면 에어컨 냉기에 금세 열기를 식힐 수 있으리라 기대에 부풀어 신나게 현관문을 밀어젖혔다. 그런데 이게 웬걸. 문을 열자마자 느껴져야 할 차가운 바람 대신 바깥과 별로 다를 것 없는 텁텁한 공기가 밀려들었다. 당황하여 주위를 둘러보니 실내에는 곳곳에 놓인 선풍기 몇 대만이 열심히 돌아가고 있었다. 끈끈하고 후덥지근한 공기로 기억되는 그날은 환경단체에 자원활동을 간 첫날이었다.

엄마가 눈사람이라고 놀릴 만큼, 나는 더운 곳만 가면 맥
을 못 추고 허덕였다. 진땀을 빼며 겨우 도착한 곳에 에어컨
이 없다는 사실은 당혹감을 넘어서 절망감까지 느끼게 만들
었다. 그런데도 혼미한 정신을 용케 붙들고 이런 생각을 했
다. '하긴 환경단체니까 그럴 수 있지. 이런 데서 에어컨 빵
빵하게 틀어 놓는 게 더 이상한 것 같기도 하네.' 그러고 보니
어쩐지 멋진 것도 같았다. 건네받은 티슈로 땀을 닦으며 쭈
뼛쭈뼛 2층에 들어서는데 방금 잠에서 깬 듯한 직원 한 명이
어깨에 수건을 두르고 지나갔다. 간행물 발행 시기가 가까워
사무실에서 밤을 새운 직원이란다. 그것조차 시민운동가의
포스가 느껴지는 것 같았다. 갓 태어난 동물의 눈에 담긴 세
상처럼 모든 게 신선하고 신기하게만 보였다.

사실 20년 넘게 살아온 그 당시의 나를 갓 태어난 동물에
비유하는 건 스스로를 너무 미화한 건지도 모른다. 지금 와
서 돌이켜 보면 무슨 자신감으로 자원활동을 신청했었나 싶
을 만큼 그때의 나는 형편없이 무지한 상태였다. 스스로 무

지하다는 것조차 모르는 지경이었다. 그 시절 나는 직접 보고 겪은 세상을 넘어 다른 형태의 삶에 대해 상상하지 못했다. 더 정확히 말하면 그럴 필요도 느끼지 못하고 살았다. 뉴스나 신문을 보다 보면 가끔 '이건 아닌데' 싶은 생각이 들 때도 있었지만 그마저도 찰나일 뿐 '내 일도 아닌데 뭐. 별수 있나' 하고 대수롭지 않게 넘겼다. 그랬던 내가 땀을 삐질 거리며 집에서 한 시간 반 거리의 환경단체까지 찾아가게 된 계기는 아주 사소한 어느 하루에서 비롯했다.

" 간절하게 나를 보던 까만 눈동자 "

그날은 평소와 다를 것 없는 수많은 날들 중 하루일 뿐이었다. 작은 별일이라면 길에서 혼자 헤매는 개 한 마리를 만났다는 것? 버려졌는지 집을 잃었는지 정확한 사연은 몰라도 허둥대는 몸짓에서 원래부터 혼자 살던 녀석은 아니라는 걸 짐작할 수 있었다. 스스로 방법을 찾지 못하고 당황해하는 동물의 모습을 보니 인간으로서 뭔가 해야 할 것 같은 생각이 들었다. 그러나 해결책을 모른다는 점에서는 인간과 동물 둘 다 비슷한 처지였다. 뭘 어떻게 해야 할지 도무지 알 수가 없었다. 내가 직접 데려갈 수도 없는데 이런 경우 도와줄 곳이 있는지, 있다면 도움을 받기 위해 어떻게 해야 하는지 모든 게 막막했다. 114를 통해 몇 군데에 전화를 걸어 봐도 속 시원한 답변은 듣지 못했다. 불쌍하기는 하지만 내가 어찌할 수 있는 일이 아니었다. 그래도 나름 노력은 했다고 생각하며 개를 그냥 거기에 두고 지나쳐 왔다. 엄청난 사건도 아니었다. 시간이 흐르면 자연스레 기억의 창고 구석으로 밀려날 하루일지도 몰랐다.

그런데 아니었다. 며칠이 지나도 그 일이 잊히지를 않았다. 절박한 얼굴로 간절하게 나를 바라보던 까만 눈동자와 모른 척 외면하고 지나쳐 버리는 내 모습이 무성영화처럼 머릿속에서 반복 상영됐다. 같은 장면이 계속 재생될 때마다 심상이 두근거리기도 하고 쿡쿡 찌르는 듯 아프기도 했다. 이런 비슷한 감정을 전에도 느낀 적 있었던 것 같은데…. 그래, 방치해서 말라 죽은 식물을 보며 뒤늦은 후회로 가증스러운 눈물을 흘렸던 그때. 식물을 키우는 데 흥미도 자신도 없으면서 각별한 보살핌 없이 누구나 키울 수 있다는 말에 건네받은 화분이었다. 그리 까탈스럽지도 않은 식물은 내 무관심 속에서 조용히 빛과 수분을 갈구하다 조금씩 죽어 갔을 것이다. 내 손으로 하나의 생명을 멸했다는 끔찍한 자각. 이건 분명 죄책감이었다.

　도대체 내가 왜 길에서 우연히 마주친 개 때문에 죄책감에 시달려야 하는가. 돌봄의 의무가 있던 화분도 아니고 내 손으로 버린 동물도 아닌데. 따지고 보면 나는 그 개한테 미안할 필요도, 개의 안위를 신경 쓸 이유도 없었다. 하지만 머리가 아닌 가슴에 뿌리를 내린 감정의 씨앗은 어떻게 해도 뽑아낼 수 없었고, 목구멍에 걸린 가시처럼 줄곧 나를 괴롭혔다. 한참의 자책 끝에 결국 인정했다. 각별한 관계를 맺지 않은 대상에게도 이토록 마음을 쓸 수 있다는 사실을. 그렇고 20여 년간 나에게만 초점을 맞춰 온 의식의 궤도가 하루 아침에 방향을 틀어 급격히 확장되는 건 아니었다. 단지 언젠가 또 비슷한 상황에 놓인다면 같은 일을 반복하지 말자는 생각이 들었고, 아주 조금씩 내가 할 수 있는 걸 해보기로 마음먹었다. 환경단체에 자원활동을 신청한 것은 그 출발점이었다.

유기견을 외면한 자책에서 환경단체로 이어지는 다소 뜬금없는 이 전개 역시 무지의 산물이었다. 고백하자면 그 당시 나는 단체마다 동물 이슈를 다루는 종류와 방식에 어떤 차이가 있는지 제대로 알지 못했다. 동물보호단체가 동물 존재 자체의 사회적 처우와 권리에 초점을 맞춰 활동한다면, 환경단체는 동물이 서식하는 생태를 보전하는 데에 보다 집중한다. 이를 몰랐던 나는 이름 정도만 조금 알고 있던 환경단체 중 동물 관련 활동이 가장 활발해 보이는 단체에 자원활동을 신청했다. 내가 일을 하게 된 곳이 환경운동의 전문성을 높이기 위해 창립된 부설 기구였던 게 그나마 다행이었다. 환경에 대한 조사·연구, 보고서 발행, 포럼 등 다양한 학문적 연구와 시민교육 프로그램 진행을 돕는 과정에서 자연스럽게 많은 것들을 보고 배울 수 있었다. 우리나라 전역에 도로가 그렇게나 촘촘히 깔려 있다는 것도, 이 때문에 로드킬당하는 동물이 수없이 많다는 것도 그때 알았다. 몇십 년 전만 해도 국내에 수천 마리나 서식했지만 지금은 멸종위기에 놓인 서해안의 깃대종 점박이물범의 얼굴도 사진으로나마 처음 자세히 들여다보았다.

다양한 지식 습득의 기회를 얻은 것도 좋은 경험이었지만, 내 삶에 더 큰 영향을 미친 건 그 안에서 활동하는 사람들이었다. 세상을 보고 느끼는 방식이 나와는 전혀 다른 활동가들을 보면 이상하기도 하고 멋있기도 했다. 이해하기 어려울 때도 있었지만 저렇게 살고 싶다는 생각이 들 때도 있었다. 내가 업무를 도와 드리던 활동가와 처음으로 밥을 먹으러 갔을 때의 일이다. 점심시간이 되어 사무실 근처 작은 식당에 갔다. 당시 내가 무슨 메뉴를 주문했는지 맛은 어땠는지는 전혀 기억이 나질 않는데 같이 밥을 먹으러 간 활동가가 오므라이스를 먹었던 것만은 아직도 생생하다. 그분이 오므라이스를 주문하며 햄을 빼 달라고 요청했기 때문이다. 그 순간 '뭘 빼 달라고? 내가 잘못 들었나? 햄은 많을수록 맛있는 건데'라는 생각을 하며 속으로 갸웃거렸던 기억이 난다. 지금 떠올리면 실소가 나올 만한 일이지만 나는 그때 채식주의라는 개념의 실체화를 처음 경험한 것이었다. 채식주의가 무엇인지는 알았지만 이를 실행에 옮기는 채식주의자는 일상에서 너무 낯선 존재였고, 햄을 빼 달라는 요청과 채식주의를 곧장 연결 짓지 못했다.

　지내면서 보니 단체에는 채식을 하는 분들이 꽤 많았다. 모든 활동가들이 채식주의자는 아니었지만 집단 특성상 다른 곳보다 그 비율이 높았다. 한번은 행사를 진행하며 참가자들에게 간단한 식사로 김밥을 제공했는데 단체 활동가가 아닌 일반 참가자들까지 햄과 달걀, 맛살 등을 빼놓고 먹는 모습을 보며 놀란 적도 있다. 지금은 심적 거부감 때문에 동물성 음식을 먹지 않는 것을 이해하지만, 당시에는 많이 의아했다. 처음부터 각자의 기준에 맞춘 먹을거리를 제공했다면 제일 좋았겠지만 다수가 참석하는 행사 특성상 어려운 일이었다. 그렇다면 버리는 것보다는 차라리 맛있게 먹는 게 더 나은 거 아닌가 싶은 생각이 들었다. 솔직히 말하면 그 생각은 지금도 크게 다르지 않다. 각자 선택은 모두 다르겠지만, 내 기준을 적용하기 어려운 상황이라면 나는 지금도 버리는 대신 먹는 걸 택한다. 음식물 쓰레기로 만드는 것보다는 감사한 마음으로 먹는 것이 도살된 동물에 대한 예의인 것 같아서다.

당시 접했던 실천 방식에 전적으로 공감하지는 않았더라도 그 시간을 거치며 음식을 선택하는 기준이 맛과 영양에만 있는 건 아니라는 사실을 배웠다. 음식을 선택할 땐 나를 위하는 동시에 다른 존재 역시 고려해야 한다는, 당연하지만 당연하게 여겨지지 않는 사실에 대해 처음으로 자각했다. 물론 앎이 곧장 행동으로 이어지지는 않았다. 새로운 가구를 들이려면 집에 여유 공간이 필요하듯 부실하고 궁핍했던 나의 좁은 세계에는 새로운 관점을 받아들일 자리가 부족했다. 그때의 경험은 오히려 지금의 나에게 더 많은 것들을 일깨운다. 세상 혼자 사는 양 이기적이거나 자기 외에 다른 생명은 안중에도 없어 보이는 사람에게 화가 치밀어 괴로울 때면 과거의 나를 불러오곤 한다. 그럼 포용까지는 못하더라도 상대에 대한 수용의 폭이 아주 조금 넓어지는 것 같다. 햄을 뺀 오므라이스에 기겁하던 덜된 나와 마주하고 있다 보면, 스스로의 모자람과 타인의 다름을 받아들이는 일이야말로 평생 애써야 할 삶의 숙제 같다는 생각이 든다.

고기를 끊겠다고
다짐했던 계기

~~~~~~

  지옥이 있다면 여기일까. 수백, 수천의 생명이 살아 있는 채로 땅속에 파묻혀 죽임을 당하고 있는 이곳이 지옥이 아니라면 무엇이란 말인가. 다만 그 지옥의 고통은 악한 자들을 향하고 있지 않았다. 고기가 되기 위해 태어났지만 그럴 수 없었던 동물들의 몫이었다.

  트럭에 마구잡이로 실려 온 돼지들이 흙구덩이 속으로 우르르 쏟아져 내렸다. 포클레인 삽에 밀리거나 공중에 들렸다가 허우적거리며 바닥으로 쿵 하고 떨어지기도 했다. 마치 돼지 모형 봉제 인형을 폐기 처분하는 것처럼 살아 있는 돼지들의 육체적 고통이나 정신적 불안 따위는 전혀 고려하지 않는 모습이었다. 그러나 그곳에 내팽개쳐진 존재들은 모두 숨이 붙어 있고 의식마저 또렷하게 남아 있는 상태였다. 축사에서 끌려 나와 트럭에 실려 이동하고 흙구덩이에 던져질 때까지의 불안과 공포를 모두 고스란히 느꼈을 돼지들은 코

앞에 닥친 죽음을 눈치챈 듯 몸부림치고 비명을 질렀다. 죽음의 구덩이에서 벗어나기 위해 비탈을 기어오르려 안간힘을 쓰는 녀석들도 있었다. 빠져나오려고 있는 힘껏 발버둥치는 그들의 몸짓에서 생존에 대한 본능적인 의지가 보였다. 처절한 몸부림도 잠시, 얼마 지나지 않아 고작 그 정도의 저항마저 불가능해졌다. 구덩이의 크기에 비해 터무니없이 많은 수를 몰아넣는 바람에 돼지들은 비좁은 구덩이 안에서 서로의 몸에 깔리고 짓눌려 죽어 갔다. 아래에 깔린 돼지가 벗어나기 위해 발버둥을 치면서 죽어 가는 와중에도 계속해서 다른 녀석들이 강제로 밀려들었다. 마침내 겹쳐진 몸들 사이에 바늘 하나 들어가지 못할 만큼 구덩이가 빽빽하게 채워지자 그 위로 흙이 쏟아지기 시작했다. 그날 거기 끌려간 돼지들의 운명은 둘 중 하나였다. 구덩이에 먼저 떨어져 깔려 죽거나 나중에 떨어져 산 채로 흙 속에 생매장당하거나. 생애 모든 순간 선택권을 박탈당해 왔던 그들의 삶은 마지막까지도 이토록 참혹하고 서글펐다.

지어낸 내용이라 해도 지나치게 잔인해서 몸서리칠 듯한 이 이야기는 불과 10년 전 대한민국에서 실제로 일어난 사건이었다. 2010년 11월부터 2011년 3월까지, 단 몇 개월간 국내에서 살처분한 농장동물은 350만 마리에 육박한다. 구제역 때문이었다. 그전에도 구제역 확산 방지를 위해 가축을 살처분한 사례가 있긴 했지만 이렇게 짧은 기간 동안 수백만 마리가 죽임을 당한 건 지금까지도 유례없는 일이다. 특히 돼지는 약 330만 마리가 살처분됐는데, 이는 당시 국내에서 사육하던 돼지의 34%에 달하는 수치였다. 초기 대응에 실패한 정부는 걷잡을 수 없이 번져 가는 전염병 확산세를 막는다는 이유로 무차별적 살처분을 시행했다. 전염병 확산을 막기 위해 구제역 발생 농가 인근에서 사육되던 동물들은 감염 여부와 상관없이 무조건 살처분 대상이 되었다. 근접한 지역에서 밀집 사육을 하는 축산 방식 탓에 한 농가에서만 구제역이 발생해도 그 근방에 살던 동물들이 모조리 죽임을 당하는 일이 반복됐다.

" 당연하지도, 마땅하지도 않은 일이 반복됐다 "

2010년 말, 구제역이 발생했다는 기사를 처음 접했을 때만 해도 그저 대수롭지 않게 생각했다. 가축전염병이 발생해

식용으로 사육하는 가축을 음식으로 이용할 수 없게 되었으
니 정부의 조치가 필요한 건 당연한 일이었다. 전파 속도가
빠른 구제역의 확산을 막기 위해서는 신속한 살처분이 가장
효과적인 방법이며, 해외 선진국들 역시 살처분 방침을 고수
한다고 언론은 보도했다. 기사들의 논조는 대부분 구제역 발
생으로 인한 경제적 피해, 축산업이나 외식 산업에 미치는
영향 등에 초점을 맞추고 있었다. 가축의 존재 이유는 인간
에게 먹히기 위함이니 음식이 될 수 없는 가축은 당연히 존
재할 필요가 없다는 듯한 태도였다. 나 역시 마찬가지였다.
정책을 시행하는 입장에서는 최소한의 비용으로 최대한 빨
리 문제를 해결하는 데에 집중했다면, 소비자 입장에서 나는
피해 농가에 대한 안타까움을 느끼거나 육류 가격 상승 등을
걱정할 뿐이었다.

　　그러나 여느 때처럼 곧 잠잠해질 줄 알았던 구제역 사태는
시간이 갈수록 잦아들기는커녕 점점 더 심각해졌다. 오늘은
또 어디에서 구제역이 발생했다는 소식이 하루가 멀다고 들
려왔다. 그때마다 동물이 살처분됐다는 내용도 함께 덧붙었
다. 처음엔 폐기해야 마땅하다고 생각했던, 고기로 쓸 수 없

게 된 그 동물들이 수천, 수만 마리로 늘어나자 더는 당연하게 보아 넘길 수 없게 되었다. 구제역이 시작된 지 한 달이 넘게 지나고 있는데 확산세는 진정될 기미가 보이질 않았고, 그때마다 매번 동물을 죽였다는 이야기가 들려왔다.

'그럼 지금까지 얼마나 많은 동물이 죽임을 당했다는 말이야?'

불현듯 그 사실을 자각하는 순간 머리를 세게 얻어맞은 느낌이었다. 정신을 차리고 들여다본 현실은 내 짐작보다 훨씬 더 처참했다. 구제역이 시작된 지 한 달 남짓한 시점, 그때까지 살처분당한 동물은 수천, 수만도 아니고 수십만 마리에 이르렀다. 그 짧은 시간 동안 웬만한 도시 하나의 인구수만큼 동물을 죽였다는 사실에 머리가 아득해졌다.

" 모든 게 의문스러웠다 "

도대체 구제역은 어떤 질병이길래 발생만 하면 근처 동물들까지 전부 죽여야만 하는지, 아무리 방역 대책이라고 해도 살아 있는 생명을 모조리 죽여 없애는 걸 정책이라고 할 수 있는 건지, 정말 다른 대책은 전혀 없는 것인지… 갑자기 모든 게 의문스러웠다. 구제역은 발굽이 두 개인 우제류 동물에게만 발병하는 바이러스성 전염병으로 인간에게 전염될 가능성은 거의 없다. 또한 동물의 경우에도 성체에 대해서는 치사율이 높지 않아 자연 상태에서 자라는 동물이라면 충분히 회복 가능한 질병이라고 한다. 다만 전파 속도가 빨라 한 장소에 여러 마리를 사육하는 축산 농가에서 발병하면 심각한 문제가 될 수 있다. 구제역이 발생하면 확산을 방지하기 위해 각 개체의 감염 여부와 상관없이 일정 거리 안에 사육하는 모든 개체를 살처분하는데, 이를 예방적 살처분이라고 한다. 2010년 말부터 2011년 초까지 우리나라에서 살처분당한 350만 마리의 소와 돼지 대부분은 구제역에 감염된 개체가 아닌, 확산을 막기 위한 예방적 살처분 대상이었다.

구제역은 치료제가 없지만 대신 미리 예방할 수 있는 백신이 개발되어 있다. 그러나 당시 정부는 사태의 심각성이 극한으로 치닫는 와중에도 백신 접종을 한참이나 미뤘다. 백신을 접종하면 구제역 청정국 지위를 다시 얻기까지 최소 6개월 이상의 시간이 걸리는데, 그 기간 동안 수출이나 육류 관리 등에 어려움이 생긴다는 이유에서였다. 사람에게 질병 예방이란 손을 열심히 씻는다거나 적절한 운동과 식이를 병행한다는 식이지만, '가축'으로 태어난 동물에게 예방이란 곧 죽음을 의미하는 것이었다.

350만 마리를 죽였다는 표면적 수치보다 실상이 더욱 참담했던 까닭은 이면의 가혹함 때문이었다. 짧은 기간 동안 그토록 어마어마한 수의 동물을 죽일 수 있었다는 건 그 과정에서 생명에 대한 최소한의 인도적 절차와 방법마저 모두 무시됐다는 뜻이었다. 동물보호법, 가축전염병예방법 등 관련 법에는 가축전염병에 의해 살처분을 시행할 때 동물의 고통을 최소화하고, 죽은 뒤에 매몰해야 한다고 규정하지만, 실제는 그렇지 못했다. 당시 동물들에게 사용했던 숙시닐콜린(Succinylcholine) 약물은 몸을 움직이지 못하게 만들 뿐 의식은 그대로 남기 때문에 단독으로 사용하는 경우 죽음에 이르기까지의 고통을 고스란히 느끼게 된다. 따라서 인도적 안락사를 위해서는 반드시 마취제를 투여한 뒤 사용해야 함에도 시간과 효율성을 구실 삼아 이 규정은 지켜지지 않았다. 약물 투여의 시간조차 부족했던 탓에 많은 동물들이 산 채로 땅에 매몰됐다. 한꺼번에 좁은 구덩이 속에 떨어진 수백 마리 돼지들은 어떻게든 공간을 마련해 보려고 애쓰다가 결국에는 두 발로 일어선 상태가 되어 깔려 죽어 갔다. 현실을 직시하겠다는 마음으로 영상을 끝까지 보려고 노력했지만, 극도의 공포와 고통 속에서 죽어 가는 돼지들의 처절한 모습에 서둘러 정지 버튼을 누르기도 여러 번이었다.

고통과 상처는 동물에게만 한정된 것이 아니었다. 고된 방역 근무 일정으로 과로사하거나 상해를 입는 사람들이 속출했다. 구제역이 발생할까 노심초사하던 한 농민은 결국 키우던 동물을 살처분해야 할 상황이 되자 괴로움을 못 이겨 스스로 목숨을 끊었고, 현장에서 직접 매몰 작업을 담당한 직원이 트라우마를 호소하다 자살하는 사건도 발생했다. 몇 달에 걸쳐 생명이 죽어 가는 모습을 지켜볼 수밖에 없었던 많은 이들 역시 무력감과 슬픔에 시달렸다. 비록 인간 세상에서 음식 재료로 존재하는 동물일지라도 생명의 죽음을 보고 겪는 일은 모두에게 고통스러운 경험이었다.

수백만 마리의 동물이 생매장당한 사건을 겪고 나서야 우리 사회, 그리고 내가 지금까지 가축이라 불리는 존재와 얼마나 그릇된 관계를 맺고 살아왔는지 깨달았다. 그들은 단지 햄버거 빵 사이의 패티, 마트 진열장 속 포장육, 불판 위 고깃 덩어리가 아니었음을, 두려움과 아픔을 느끼고 죽음에서 벗어나고픈 열망이 있으며 삶의 기쁨을 누릴 줄 아는 존재라는 걸 너무 오랫동안 모른 척해 왔다. 이 땅에서 350만 마리 동물이 죽임을 당했던 때로부터 10년이 흐른 지금, 우리는 이제 인간을 대상으로 하는 바이러스의 공포에 직면하고 있다. 예방을 위해 목숨까지 내놓을 필요도 없이, 세계적으로 훌륭한 방역 시스템의 보호를 받으면서도 이렇게나 불안하고 우울한 나날을 보내는 지금, 다시금 10년 전 그때를 곱씹어 본다. 영문도 모른 채 공포의 순간으로 내몰려야 했던 동물들과 함께 상처받았던 사람들, 절대 되풀이되어서는 안 될 비통한 절망과 분노에 대해.

2년 넘게 지속되고 있는 코로나19는 우리에게 많은 것들을 앗아 가고 동시에 소소하고 평범한 일상이 얼마나 소중한 것인지 깨닫게 해주었다. 마스크 없이는 외출할 수 없는 세상을 살아가면서, 익숙해진 것 같다가도 문득 몰려오는 갑갑함에 진저리를 치며 다시금 2010년 그 시기를 떠올린다.

우리 사회, 그리고 내가

지금까지 가축이라 불리는 존재와

얼마나 그릇된 관계를 맺고 살아왔는지 깨달았다.

그들도 두려움과 아픔을 느끼고

죽음에서 벗어나고픈 열망이 있으며

삶의 기쁨을 누릴 줄 아는 존재라는 걸

너무 오랫동안 모른 척해 왔다.

채식을 향한 시도,
그 뒤 10년

~~~~~~~~

"너는 돈가스 먹을 거지?"

식당에 자리를 잡고 앉아 메뉴판을 살펴보던 친구가 당연한 듯 내게 물었다.

"아… 아니, 나는 참치김밥"

돈가스라는 단어에 잠시 머뭇거리던 나는 마음을 다잡고 다른 메뉴를 선택했다. 벌써 전에도 몇 번 고기의 유혹을 이겨 내는 데 성공한 터라 속으로 조금 뿌듯해하며 식사를 마쳤다.

'소·돼지 350만 마리 살해 사건'의 목격자가 된 후 한동안 그 여파에서 헤어 나오기가 힘들었다. 수개월에 걸쳐 지속된 구제역 사태는 가까스로 안정이 되어 갔지만, 나의 혼란은 그때부터 시작이었다. 전까지는 살아 있는 동물과 음식으로서의 고기를 연관 지어 생각해 본 적이 없었다. 고기가 동물을 죽여서 얻어 내야 하는 식재료라는 걸 모르지 않았지만, 고기는 그냥 고기일 뿐이었다. 그러나 살기 위해 분투하던 돼지들을 본 뒤 고기에서 자꾸만 살아 있는 동물의 모습이 떠오르기 시작했다. 고기와 생명, 어울리지 않는 두 개념이 같은 대상을 지칭한다는 사실을 깨닫고 나서부터 고기를 그저 고기로만 여길 수 없게 되었다. 동물 350만 마리 살처분은 분명 비극적인 사건이었지만, 엄청난 숫자나 잔인한 방법 그 자체가 심경의 변화를 가져온 건 아니었다. 그들이 죽음에 도달하는 모든 과정을 눈으로 보고 귀로 들으면서 내가 그동안 동물을 먹어 왔다는 사실이 너무나도 생생하게 다가왔다. 동시에 이런 의문도 들었다. 산 채로 깔리거나 흙 속에 파묻혀 죽어 간 돼지들은 그 일이 아니었어도 결국 언젠가는 도축장에서 고기가 될 운명이었다. 게다가 대규모 살처분 역시 우리의 필요에 의해 가축을 사육하는 과정에서 발생한 비극이다. 그렇다면 지금껏 당연하게 고기를 즐겨 온 내가 그들의 죽음에 마음 아파할 자격이 있을까?

" 마음이 시키는 대로 한번 해보자 "

고기를 먹을 때마다 꺼림칙한 마음이 생긴 건 날벼락과도 같았다. 책이나 방송에서 건강을 위해 육류를 줄여야 한다는 이야기가 자주 들려왔지만, 단 한 번도 귀 기울여 들은 적 없었다. 타의에 의해 어쩔 수 없는 상황이 아닌 이상 내가 스스로 고기를 안 먹겠다고 다짐한다는 건 상상도 못 할 일이었다. 그런데 어느 순간부터 고기를 먹을 때마다 마음 한구석이 찝찝하고 불편해지기 시작한 것이다. 이건 자의도 타의도 아닌, 그야말로 마음이 시키는 영역이었다. 그러면서도 20년이 훌쩍 넘는 시간 동안 좋아했던 음식을 단번에 포기할 자신이 없었던 나는 과연 고기를 안 먹고 살 수 있을지 남몰래 시험해 보기로 했다. 식당에서 밥을 먹을 때면 육류가 들어가지 않은 메뉴를 선택했고 집에서도 고기 말고 다른 반찬을 주로 먹으려고 노력했다. 술안주를 고를 때도 육류를 재료로 하지 않은 메뉴를 골라 먹었다. 그 정도는 생각보다 할 만했고 무엇보다 음식을 먹을 때 불편한 감정이 들지 않아서 좋았다.

고기를 줄이려고 노력하는 동안 축산업에 대해서도 찾아보았다. 공장식 축산업이라고 불리는 현대사회의 축산 형태는 실로 끔찍했다. 가장 적은 비용으로 최대한 많은 생산량을 얻기 위해 고안된 공장식 축산은 한정된 공간에서 최대한 많은 수의 동물들을 밀집 사육했다. 제대로 움직일 수도 없는 비좁은 사육장에 갇혀 빠른 속도로 몸을 성장시키는 사료를 먹으며 사육되는 동물들은 원래 수명의 10분의 1도 살지 못하고 도축됐다. 그들을 사육하는 환경은 동물의 자연스러운 욕구와 습성을 전혀 고려하지 않은 채 생산량에만 초점이 맞춰 있어 차라리 빨리 도축되는 게 다행일 지경이었다. 농장동물의 죽음이 육식에 대한 의문을 심어 줬다면 농장동물의 삶은 육식을 멈추게끔 촉구했다.

육식의 문제는 이뿐만이 아니었다. 고기를 더 많이 먹고자 하는 인간의 욕심은 계속해서 축산업을 확대했다. 가축을 사육할 땅을 넓히기 위해 아마존을 비롯한 열대우림까지 파괴한 결과 전 세계 육지의 30%가량이 가축을 사육하는 데 쓰인다고 했다.[ ] 농장에서 발생하는 분뇨와 온실가스는 지구

이는 10년 전 통계로 현재는 땅의 45%를 가축 사육에 쓰고 있다고 한다. - 다큐멘터리 영화 〈카우스피러시cowspiracy〉

온난화와 환경오염의 주범이었다. 동물권이나 환경 문제 외에도 육식은 빈곤 문제와도 밀접한 관련이 있었다. 세계에는 여전히 기아로 고통받는 수많은 사람들이 있지만, 엄청난 양의 곡물이 인간의 식량 대신 가축을 사육하는 데 쓰였다. 선진국 국민들의 육류 소비를 위해서였다. 이쯤 되니 고기를 끊지 않고는 못 배길 것 같았다. 나는 결국 지구온난화의 주범, 빈곤의 원인, 동물에 대한 폭력과 착취의 결과물을 먹지 않겠다고 결심했다.

육식주의자의 육식 중단 선언은 주위에 소소한 반향을 일으켰다. 누군가는 '네가 돈가스를 포기한다고?' 하면서 놀라워했고, 또 다른 친구는 '그 결심이 얼마나 가나 보자'며 코웃음 쳤다. 평소 건강을 위해 육식을 줄여야 한다고 주장하던 엄마는 고기를 재료로 하지 않는 식단을 열심히 궁리하는 것으로 내 결심을 지지해 주셨다. 때때로 여행지 맛집에서 고기 요리를 마주하거나 단체 모임에서 삼겹살집을 가게 될 때면 눈앞에 두고도 먹지 못하는 신세가 서글프기도 했지만, 결심대로 잘 실천하고 있다는 만족감을 위안으로 삼았다.

그렇게 나는 지금까지도 참으로 보람차고 의미 있는 실천을 잘해 나가고 있다, 라고 마무리되었다면 그 얼마나 아름다운 채식 도전기였을까. 그러나 불행하게도 실상은 너절하기 짝이 없었다. 채식을 시도해 온 기간은 보람과 만족보다 매 순간 스스로의 나약과 결점, 모순을 자각하고 자책을 반복하는 과정에 가까웠다. 의외로 초반 몇 년간은 비육식을 하겠다는 결심을 잘 지켜 냈다. 그 당시 시민운동 분야에 첫발을 내디딘 나는 세상의 부조리에 불복하고 투쟁하는 것이 인생의 소명이라는 믿음이 막 생기고 있던 시기였다. 맛있는 음식을 먹는 것보다 무언가 해내고 있다는 성취감이 더 큰 의미를 안겨 주었다. 돌이켜 보면 외골수 기질이 강해 옳고 그름을 판단하는 방식이 편협하고 일방적이었지만, 어쨌든 치기 어린 의욕일지라도 좋아하던 고기를 참아 내는 데는 도움이 됐다. 그러나 책을 전혀 읽지 않은 사람보다 한 권만 읽은 사람이 더 위험하다고 했던가. 어설픈 투사의 여물지 않은 저항 정신은 언제든 바람 빠진 풍선처럼 시들해질 수 있는 것이었다.

　한 사람이 평생 고기를 먹지 않는다고 해도 세상은 크게
바뀌지 않는다. 매일 먹고 싶은 음식을 이렇게나 열심히 참
고 있는데 달라지는 건 아무것도 없었다. 나를 지탱하던 원
대한 꿈이 아득하게 느껴지자 실천의 동력도 함께 사라져 버
렸다. 고기를 먹고 싶은 이유는 고작 맛을 탐하기 때문이고,
고기를 먹지 말아야 할 가치 있는 이유는 수도 없이 많다. 분
명 머리로는 너무 잘 알겠는데 자꾸만 그 대단한 여러 이유
보다 오늘 한 끼를 맛있게 먹는 것이 더 중요하게 느껴졌다.
고기를 먹지 않음으로써 지켜 낼 수 있는 소중한 가치들은
눈에 보이지도 않지만, 당장 미각을 만족시킬 돈가스와 치킨
은 눈앞에 있었다. 시간이 지날수록 막연한 이상과 목표는
흐릿해졌지만 내 입맛은 여전히 굳건했다. 어떤 사람들은 오
랜만에 고기를 먹으면 맛과 향이 역하게 느껴져서 자연스럽
게 먹지 않게 된다던데 안타깝게도 나는 그런 사람이 아니었
다. 몇 년 만에 고기를 다시 먹던 날 '그래! 세상에 이렇게 맛
있는 음식도 있었지! 이게 사람 사는 거지!' 하면서 먹는 내
내 감탄을 연발했다.

몇 년 만에 완벽하게 입에 맞는 식사를 한 뒤 다시 온전한 육식주의자로 돌아갈 수 있었다면 최소한 먹는 즐거움은 마음껏 누릴 수 있었을 것이다. 하지만 이미 육식이 안고 있는 문제를 알게 된 이상 전으로 완전히 돌아갈 수도 없었다. 먹고 싶은 본능과 먹지 말아야 한다는 의지는 합의점을 찾지 못한 채 줄곧 평행선을 달리며 싸웠다. 먹고 자책하고 다짐했다가 다시 포기하는 일상이 반복됐다. 나는 완벽하게 실천할 수 없는 사람이라는 걸 인정하고 비육식을 기본으로 식생활을 재정비하기로 했다. 평생 동물성 음식은 아예 입에도 대지 않을 만큼 완벽하게 하지 못하더라도 자신을 탓하거나 책망하지 말자고 마음먹었다. 죄책감은 잘못에 대한 책임을 느낀다는 그 자체만으로 스스로에게 면죄부를 주는 수단이 었을 뿐 행동을 지속하는 데 도움이 되는 감정은 아니었다. 흥겨운 자리의 분위기를 깨기 싫어서든 생리 직전에 유독 육류를 참을 수 없었던 날이든 고기를 먹어 버렸다면 나는 이제 죄책감에 괴로워하는 대신 나를 위해 생명을 내어 준 존재를 한 번 더 생각하려고 한다. 동물에게 감사한 마음을 가지며 더 열심히 노력해 보겠다고 다짐한다.

《1389번 귀 인식표를 단 암소》에서 저자 캐스린 길레스피는 눈앞에서 죽어 가던 젖소를 구하지 못한 경험을 통해 '목격의 정치성'에 대해 이야기한다. 논문 연구를 위해 방문한 경매장에서 쓰러진 젖소를 발견한 저자는 현실적 문제로 고민하다가 아무 행동도 취하지 못한다. 다음 날 뒤늦게 경매장에 전화를 걸어 보았으나 그때는 이미 젖소가 죽은 뒤였고, 이 안타까운 경험을 통해 학자로서 목격의 무력함에 대해 토로한다. 인간이 동물에게 행하는 폭력을 목격하고, 기록과 연구를 통해 변화를 창출하는 일은 중요하지만, 목격 자체는 폭력의 피해자를 위해 직접적 행동을 하는 것이 아니기 때문에 윤리적인 문제를 안고 있다는 것이다.

목격을 통해 다른 방식의 역할을 수행하는 연구자도 무력감을 호소할진대 지켜보는 일 말고는 아무것도 할 수 없었던 나는 자신이 하찮고 미력하게 느껴져서 한참이나 괴로웠다. 생각해 보면 이 감정이 진정한 출발점이었다. 내가 고기를 먹지 않겠다고 다짐한 계기는 세상을 바꾸겠다는 거창한 꿈도, 산업 시스템을 개혁하겠다는 불타는 정의감도 아니었다. 비록 시시하고 보잘것없는 목격자라 할지라도 그 자리에

서 할 수 있는 일이 있다면 최대한 해보겠다는 작은 의지. 그
것이야말로 내가 무력한 목격자로만 남아 있지 않을 유일한
방법이자 동력이었다.

나는 이제 죄책감에 괴로워하는 대신

나를 위해 생명을 내어 준 존재를 한 번 더 생각하려고 한다.

동물에게 감사한 마음을 가지며

더 열심히 노력해 보겠다고 다짐한다.

동물권운동을 하며 느낀 딜레마

동물 착취의 가해자이자
수혜자로서의 나

~~~~~~~~

　한때 나는 소위 '코덕(코스메틱 덕후)'이라 불리는 화장품 수집가였다. '하늘 아래 같은 색조는 없다'는 말을 신조처럼 새기며 화장품을 사 모았다. 같은 분홍 립스틱이라도 어느 하나 똑같은 건 없었다. 색이 더 연하거나 조금 더 진한 것, 붉은 기가 많이 섞인 것과 오렌지빛을 띠는 것, 질감이 매트하거나 촉촉한 것. 제각기 조금씩 다른 매력을 가진 화장품은 언제나 내 마음을 사로잡았다. 때마다 열심히 사들인 수십 개의 립스틱과 반짝이는 아이섀도가 좌르륵 나열된 영롱한 화장대는 보기만 해도 흐뭇하고 배가 불렀다. 시즌마다 부지런히 사들여도 새로운 화장품은 계속 출시됐고, 아무리 많이 가져도 구매욕을 완전히 충족할 수 없었다. 눈 두 개, 입 하나에 왜 그렇게 많은 화장품이 필요하냐고? 얼굴이 하나인 게 무슨 상관인가, 세상에 쏟아져 나오는 화장품은 수천, 수만 개인데.

집착에 가까울 정도로 화장품을 사 모으던 나의 소비 행태에 제동이 걸린 건 동물보호운동을 하는 시민단체에 입사를 하고 난 뒤부터였다. 시민단체 활동가의 적은 월급 탓은 아니었다. '싼 게 비지떡'이라는 말이 있다지만 화장품만은 예외였다. 백화점 대신 로드숍만 가더라도 저렴하면서 그 나름의 장점과 매력을 뽐내는 제품이 가득했다. 폭넓은 가격대와 브랜드로 다양한 선택지가 있는 화장품은 얼마든지 내 경제 상황에 맞춰 수집이 가능한 분야였다. 그러나 옹색한 지갑 사정도 말리지 못하던 내 탐심은 그 물건이 만들어지는 과정을 알고 나서부터 비로소 사그라지기 시작했다. 향긋하고 알록달록 예쁜 그 물건들이 내 눈과 입, 피부에서 반짝거리기 위해서는 복잡한 절차를 거쳐야 했다. 눈이나 입처럼 예민하고 인체에 흡수 가능한 부위에 사용하는 제품이다 보니 안전성을 판별하는 게 무엇보다 중요하기 때문이다. 화장품을 개발하고 시중에 유통하기 위해서는 완제품뿐 아니라 그 제품에 사용하는 수많은 원료 하나하나에 대해서도 모두 안전성 확인 절차를 거치게 되어 있는데, 문제는 그 안전성을 확인하기 위해 어마어마한 수의 동물들이 희생당하고 있다는 사실이었다.

" 동물실험부터 모피와 영양제까지…

인간에게 착취당하는 동물들 "

'동물실험'이라고 하면 떠오르는 대표적 이미지가 있다. 얼굴을 돌리지 못하도록 틀에 목이 고정된 채 일렬로 늘어선 토끼들의 모습. '마스카라 실험'이라는 이름으로 유명한 드레이즈 테스트(Draize test) 장면이다. 드레이즈 테스트는 토끼의 눈에 화학물질을 주입해 그 독성과 자극성을 실험하는 방법으로서 실험 대상으로 이용되는 토끼는 한 마리당 수천 번 화학물질을 눈에 강제로 주입당한다. 이 실험에 토끼가 쓰이는 이유는 한 가지다. 토끼는 눈물샘이 없고 눈 깜빡임이 적어서 눈에 화학물질이 들어가도 이물질을 눈물로 씻어 내지 못해 반응 관찰에 용이하기 때문이다. 이는 바꿔 말하면 토끼가 인간과는 다른 신체 구조를 갖고 있다는 뜻이기도 하다. 이러한 이유로 세계적인 동물단체 휴메인 소사이어티(Humane Society International)를 비롯해 많은 단체들은 이 테스트의 결과를 인간에게 동일하게 적용하기 어렵다고 주장한다. 수천 번의 실험을 반복하는 동안 토끼의 눈은 짓무르고 실명되며, 꼼짝 못 하게 단단히 고정된 상태에서 고통에 몸부림치다가 목뼈나 등뼈가 부러져 죽기도 한다. 설령 용케 실험을 잘 버텨 냈다 하더라도 실험에 쓰인 동물의 마지막은 결국 안락사로 끝난다. 드레이즈 테스트는 수많은 실험 방법 중 하나일 뿐, 화장품 하나를 만들기 위해서는 이러한 동물실험을 수도 없이 거쳐야 한다는 사실을 알고 난 뒤 나는 자연스럽게 '코덕'의 길에서 멀어졌다.

현실적으로 동물실험은 불가피한 측면이 있지만, 모든 동물실험이 그런 것은 아니다. 대표적 분야가 화장품 동물실험이다. 화장품의 경우 이미 실험을 완료한 원료만 이용해도 신제품 개발에 충분하고, 비동물 대체 실험법 역시 다수 개발되었다. 이러한 이유로 해외와 국내 동물단체, 소비자들은 화장품 동물실험 금지를 꾸준히 요구해 왔고, 현재 EU를 비롯한 해외 여러 국가에서 화장품 동물실험을 법으로 금지하고 있다. 국내에서는 2017년 2월 화장품 동물실험 금지법 개정안이 시행되었다. 그러나 수출 대상국이 동물실험을 요구하는 경우나 제3자에 의한 동물실험은 허용하는 등 예외 조항이 존재함에 따라, 소수이기는 하지만 여전히 화장품 동물실험이 이루어지고 있어 소비자들의 주의가 필요하다.

당연하게도 인간의 필요에 의해 동물을 이용하는 일은 동물실험에만 그치지 않는다. 2011년 내가 동물보호단체 입사 후 처음 맡은 활동은 하프물범으로 만든 오메가3 제품 반대 운동이었다. 당시 우리나라는 하프물범 오메가3 영양제의 최대 수입국 중 하나였기 때문에 제품 수입과 소비에 반대하는 캠페인을 진행했다. 매년 캐나다에서는 개체수 조절이라는 명분 아래 하프물범 사냥을 법으로 허용하는데, 그렇게 도살한 하프물범의 가죽은 모피로 팔고 기름은 오메가3 영양제로 만들어 판매한다. 하프물범 사냥이 특히 문제가 되는 것은 사냥 방식의 잔인성 때문이다. 사냥 대상이 되는 하프물범 중 대부분은 생후 10일에서 3개월 미만의 어린 새끼들이다. 하얗고 질 좋은 모피를 갖고 있다는 이유에서다. 사냥꾼들은 가죽의 손상을 막기 위해 총을 쏘는 대신 어린 하프물범의 머리를 몽둥이로 내려쳐 죽이고, 심지어 산 채로 가죽을 벗기기도 한다. 성체라고 죽여도 상관없는 건 아니지만 태어난 지 10일밖에 안 된 새끼가 죽는 모습은 어쩔 수 없이 더 큰 충격을 준다. 인간 사회에서도 아동을 대상으로 한 학대나 범죄가 보는 이로 하여금 더 큰 공분을 일으키는 것과 마찬가지다.

매일 몸에 걸치는 의류 역시 동물 착취가 적극적으로 이루어지는 분야다. 대표적인 사례가 모피로, 사육부터 채취까지 생산의 모든 단계가 잔인하다는 사실이 널리 알려지면서 모피 퇴출 선언을 하거나 페이크 퍼(fake fur)를 사용하는 업체도 늘고 있다. 그러나 모피 외에 우리가 큰 문제의식 없이 소비하는 동물성 소재 중에서도 동물에게 고통을 주는 것이 다수 존재했다. 동물을 죽이지 않고 털만 깎아 사용하니 괜찮다고 생각했던 울(wool)은 양털을 깎는 과정에서 엄청난 학대가 자행됐다. 업자들은 최소한의 시간 동안 최대한 많은 생산량을 얻기 위해 양을 발로 차고 때리고 내동댕이치며 강제로 제압했다. 오리털이나 앙고라 역시 비슷한데, 산 채로 털을 채취하는 과정에서 오리와 토끼는 털을 쥐어뜯기고 생살이 찢기는 등 엄청난 고통을 겪는다. 현대 산업에서 동물은, 생명에 대한 존중이나 헤아림 따위는 모조리 무시당한 채 실험의 대상, 영양제의 원료, 섬유의 소재로만 존재했다.

망각이야말로 인간에게 주어진 가장 큰 축복이라 했던가. 그렇다면 잊고 싶어도 잊을 수 없는 기억은 저주나 다름없을 것이다. 어떤 장면은 시간이 지나도 희석되기는커녕 점점 더

짙어지면서 내면에 끝없이 상처를 냈다. 틀에 갇혀 아픈 눈을 비비지도 못한 채 실험 대상으로 생을 보내던 토끼가 그랬고, 시뻘건 피가 낭자한 하얀 빙판 위에서 머리가 깨진 채로 살고 싶어 도망치던 새끼 하프물범의 뒷모습이 그랬다. 단체에서 활동을 지속할수록 망각의 축복을 누리지 못할 이미지가 사진과 영상으로 기록되어 내 안에 차곡차곡 쌓여 갔다. 영원히 기억될 앨범이 늘어나는 수만큼 마음속 상처 또한 늘어 갔다.

" 용서받지 못할 잘못, 그럼에도 불구하고 "

20년 전, 반려견을 키우기 시작하면서부터 나는 자칭, 타칭 동물애호가였다. 산책 나온 개를 만나면 애정 가득한 눈빛을 보내고, 동물 학대 소식에 앞장서 분노했다. 언젠가부터 철창 속 동물들이 가여워져 동물원도 가지 않았고 모피도 적극 반대했다. 어딜 가서든 '나만큼 동물 사랑하는 사람이 어디 있어!'라고 큰소리쳐도 부끄럽지 않다고 생각했다. 그런 자신감으로 호기롭게 동물보호단체에 입사했건만 정작 내가 뽐내던 동물 사랑은 표면적이고 가벼운 허상에 불과했다. 그저 개, 고양이를 예뻐하는 게 동물을 사랑하는 일인 줄 알았는데 귀여움받는 반려동물의 이면에는 새끼 낳는 기계로 살아가는 번식장 동물이 있었다. 모피만 피하면 되는 줄 알았더니 양털이나 오리털 역시 동물을 괴롭게 만들었고, 심지어 인조 섬유까지도 환경오염으로 동물에게 피해를 입혔다. 삶의 질을 한층 높여 준 온갖 약품과 생활용품은 숱한 동물실험을 거쳐 나온 결과물이었다.

알고 보니 세상은 구석구석 아주 조그만 부분까지도 모조리 그런 식이었다. 현대사회에서 누리는 풍요와 편리는 전부 다른 생명을 착취해 얻어 낸 산물이었다. 이 땅을 터전 삼아 살던 모든 동물을 몰아낸 덕에 세워진, 말끔하고 반듯하게 정리된 현대사회에 발 딛고 사는 이상 결국 나는 착취의 가해자이자 수혜자였다. 인간으로 태어나 숨 쉬는 것만으로도 결코 회피할 수 없는 잘못을 저지르는 셈이었다. '몰라서 그랬어. 미안해'라는 사과 한마디로 가볍게 이해되거나 용서받는 잘못도 있지만, 어떤 종류의 무지는 그 자체로 죄악이었다. 동물의 고통을 외면한 잘못은 후자에 가까웠다. 그들이 겪는 끔찍한 수난을 생각하면 지금까지 몰랐던 것, 알고

자 하지 않았던 것 모두 다 쉽게 용서받을 수 없는 것이었다. 무지를 방패 삼아 착취의 산물을 즐겁게 누려 온 시간은 '몰랐어, 미안해' 한마디로 용인될 수 있는 일이 아니었다.

　지금 동물과 인간의 관계는 철저하게 잘못됐다. 우리 사회에서 동물은 유희의 대상 또는 편리를 위한 도구에 불과하다. 배려는 없고 강탈과 착취만 있다. 생명에 대한 존재적 가치를 고려하는 대신 그들의 경제적 가치를 소비하거나 이용할 뿐이다. 첫 단추를 잘못 끼운 옷처럼 불편하고 마땅찮은 모양새로 한참을 이어 왔다. 그렇다면 지금이라도 바로잡아야 한다. 애초에 시작부터 잘못 채운 단추를 전부 다시 풀어 제대로 되돌린다는 건 막막하고 고통스러울 것이다. 어쩌면 다른 모양의 것을 새로 달거나 꼭 맞는 게 없어 비워 둔 채로 지나쳐야 할지도 모른다. 너무 오랫동안 단단히 붙어 있던 것을 떼어 내려면 한참을 고생해야 할 수도 있다. 그래도 그게 낫다. 조금 너덜거리고 볼품없을지라도, 돌이키기에 이미 너무 멀리 왔다며 모른 척하는 것보다는 나은 선택이다. 그런 심정으로 나는 오늘도 잘못 끼운 단추 하나를 뜯어내기 위해 낑낑 애를 써 본다.

문제보다는 해결에 속하는
삶을 선택한다는 것

지금 생각하면 별로 대단치도 않은 일이지만, 그리 멀지 않은 과거까지도 고기를 먹지 않는다는 말을 꺼내려면 여러 번 망설이곤 했다. 별나거나 특이한 사람으로 취급받지는 않을까 두렵기도 했고 남들을 불편하게 만들까 걱정도 됐다. 고기를 먹지 않기로 결심한 이유를 솔직하게 털어놓기란 더 어려운 일이었다. 농장동물의 처참한 현실 따위의 이야기는 지겨운 모임을 조금이라도 빨리 끝내고 싶을 때에나 적합한 주제라고 생각했다. 지금은 그나마 채식의 여러 단계와 다양한 계기가 많이 알려진 편이지만, 몇 년 전만 해도 고기를 안 먹는다고 하면 다이어트나 건강 때문이라고 생각하는 경우가 대부분이었다. 나 역시 아주 친한 사람들을 제외하고는 신념 차원에서 이루어진 결정이라고 말하지 못했다. 극도로 어색한 자리가 아니더라도 처음 만난 사람과 육식의 비윤리성이나 공장식 축산업 문제에 대해 논하고 싶지 않았다. 고기를 먹지 않는다는 말을 꺼내는 데에도 한참을 망설이던 시기에 윤리나 도덕 같은 민감한 주제를 대화에 올릴 자신이 없었다. 그냥 나 혼자 실천하면 되지 굳이 다른 사람까지 불편하게 만들 필요는 없다고 합리화했다. 나는 배려라고 생각했지만 어쩌면 용기가 없었다는 게 더 정확할지도 모른다.

서른 살을 갓 넘겼을 즈음에 내 인생 처음이자 마지막으로 했던 소개팅이 생각난다. 낯가림이 심해서 원래 소개팅 같은 건 질색하는데 그때는 무슨 바람이 불었는지 친구의 제안을 거절하지 않고 약속을 잡았다. 장소는 소개팅 단골 코스라는 이탈리안 레스토랑이었다. 자리에 앉아 메뉴를 보는데 상대가 스테이크 같은 메뉴를 권하기에 고기를 먹지 않는다고 거절하고는 버섯이 들어간 리소토를 주문했다. 상대는 그 이유를 물어보지 않았고, 나 역시 스테이크를 주문한 사람에게 굳이 동물복지 같은 이야기를 하고 싶지 않았다. 음식이 나오고 별 흥미 없는 대화를 억지로 이어 가며 열심히 밥을 씹어 넘기고 있는데 갑자기 상대가 자신의 고기 한 조각을 내 그릇 위에 올려놓았다. 다급히 팔을 내저어 보았지만, 거절의 의사를 분명히 밝힐 시간조차 없을 만큼 순식간에 벌어진 일이었다. 쪽쪽 빨던 포크로 고기를 찍어 나눌 만한 사이가 아니라는 것도 당혹스러웠지만, 무엇보다 나를 당황하게 만든 건 내가 분명 고기를 먹지 않는다고 밝혔다는 사실이었다. 난감한 표정으로 고기 조각을 바라보는 내게 상대는 웃으며 말했다.

"한 조각 정도는 괜찮아요. 살 안 쪄요."

그 대사를 듣는 순간 당장 쏟아 내고 싶은 말이 열 문장 정도 떠올랐지만, 수저와 함께 조용히 내려놓았다. 그래, 상대에게 무슨 잘못이 있으랴. 살찔까 봐 고기를 마다하는 소개팅녀에게 소중한 고기 한 조각 나눠 주고 싶었을 뿐인데. 그 세심한 배려가 삐끗한 건 단지 내가 다이어트를 이유로 고기를 마다한 게 아니었기 때문이다. 그러나 나는 굳이 그 오해를 바로잡지 않았고 그와 다음번 만날 약속을 잡지도 않았다.

" 천천히, 그러나 분명한 변화 "

내가 처음 채식에 관심을 갖고 고기를 끊기로 결심한 지

10년이 조금 지났다. 길다면 길고 짧다면 짧은 시간 동안 세상은 계속 변해 왔다. 나처럼 혼자 실천하는 데 그치지 않고 끝없이 사회를 향해 육식의 문제를 외쳐 온 이들이 만들어 낸 변화일 것이다. 그 덕에 나는 이제 처음 가는 자리에서도 거리낌 없이 고기를 먹지 않는다고 이야기한다. 나이가 들면서 전보다 타인의 눈을 의식하지 않게 된 까닭도 있겠지만 사회 전반에 걸쳐 채식에 대한 이해의 수준이 높아진 이유도 클 것이다.

변화를 반영하듯 서울시는 2021년 3월에 '채식 환경 조성 지원에 관한 조례안'을 통과시켰다. 시민 건강권을 이유로 들고 있는데, 타 지역에 미치는 영향이 큰 서울시에서 채식 조례안을 제정했다는 데에는 분명 큰 의미가 있다. 해당 조례안은 시장에게 채식 환경 조성을 위한 계획을 수립하도록 의무화했으며, 시민들과 급식 관계자들에게 채식 교육 및 홍보를 시행하도록 하는 내용도 담았다. 무엇보다 반가운 대목은 어린이와 학생들에게 채식 식단에 대해 교육하도록 권장하는 조항이다. 식습관이 형성될 시기의 아이들에게 채식을 교육하고 경험하도록 한다면 채식에 대한 수용의 폭을 넓히는 기회가 될 것이다. 같은 이유로 해외에서도 급식에 채식 식단을 의무화하는 지역이 늘고 있다. 미국(뉴욕), 프랑스, 포르투갈 등의 국가에서는 채식 급식을 법제화했다. 특히 프랑스 리옹시는 최근 코로나19를 이유로 당분간 학교 급식에서 고기를 완전 제외하기로 결정했다. 리옹시의 급진적인 결정은 자국에서도 찬반이 분분한 듯하다. 환경운동가들은 열렬히 환영의 의사를 밝힌 한편 축산업자들은 거세게 반발했다. '녹색당 출신 시장의 도덕주의적 결정에 아이들과 대중이 피해를 본다'고 주장하는 집권 여당 정치인들까지 가세하며 고기 없는 급식이 정치 싸움으로까지 번지는 양상이다. 채식에 대해 비교적 열린 국가에서도 이런 상황이니 우리 사회가 단숨에 변하길 기대하는 건 무리가 있겠다는 생각도 든다.

하지만 리옹시 정도는 아니라도 우리나라에도 주 1회 또는 월 2회 정도 급식에 채식 식단을 제공하는 학교들이 계속 늘고 있다. 울산시교육청은 월 1회 '채식의 날'을 의무화하고 채식을 원하는 학생에게 대체식을 제공하는 채식 선택제를 도입했다. 인천시교육청은 2025년 채식 선택 전면 시행을 목표로 월 2회 이상 채식 급식 제공을 시작했다. 서울시교

육청 역시 2020년 발표한 '생태전환교육 중장기 발전계획'에 따라 2021년부터 월 2회 채식 급식을 의무화하고 일부 학교에서는 채식 선택제를 시범 운영하기로 했다. 그 외에도 광주, 전북, 충북, 경남 등에서도 채식 급식을 시행 중이거나 도입을 모색 중이다.

" 문제와 해결, 어디에 속할 것인가 "

늘 비슷한 모습으로 흘러가는 일상 한가운데에서는 쉽게 느껴지지 않을지라도, 이렇듯 세상은 조금씩 변하고 있다. 부침을 거듭하면서도 꾸준히 변화를 향해 나아가는 사회 안에서 나 역시 함께 달라졌다. 고기를 먹지 않겠다는 결정조차도 쉽게 밝히지 못했던 과거와는 다르게 이제 타인을 비난하지 않으면서도 내 선택의 이유를 설명할 정도의 요령이 생겼다. 처음에는 식사 시간에만 한정됐던 고민이 소비생활 전반에 영향을 미치게 되면서 비육식은 식습관을 넘어 행동 방식을 결정하는 기준으로까지 자리 잡기 시작했다. 자연과 동물에게 조금이라도 피해를 덜 끼치는 선택이 중요해졌다. 설령 모든 걸 완벽하게 해내지 못하더라도 고민하는 그 자체가 삶에 의미를 가져다주었다.

　과거의 나는 거의 강박에 가까운 수준으로 생의 이유와 의미를 생각하곤 했다. 아주 어릴 때, 죽음에 대해 처음 알게 된 초등학생 무렵에는 매일 밤 알 수 없는 불안과 공포에 짓눌려 어두운 방 안에서 혼자 숨죽여 울곤 했다. 시간이 흐르고 더는 밤마다 눈물을 참기 위해 애쓰지 않아도 되었지만, 대신 죽음은 공포 대신 공허로 나를 괴롭히기 시작했다. 결국 언젠가 죽음과 함께 모든 게 끝나 버릴 삶은 무가치하게만 느껴졌다. 의미를 찾으려고 하면 할수록 내 삶에는 대단한 의미가 존재하지 않는다는 사실만이 점점 뚜렷해졌다. 그렇게 오랜 시간 이어 온 허무와의 투쟁은 나 대신 동물에게 삶의 초점을 옮기고 나서야 비로소 끝이 보이기 시작했다. 나는 세상을 구성하는 아주 작은 부속품에 불과하지만, 내가 소비하고 관계를 맺는 모든 생명은 사소하지 않았다. 먹고 쓰고, 사고 버리는 모든 행위에 내 욕구 대신 동물을 우선으로 두고 애쓰다 보면, 대단한 생의 의미까지는 찾지 못하더라도 적어도 내 존재가 쓸모없게 느껴지지는 않았다.

언젠가 친구를 만나 이런저런 넋두리를 늘어놓다가 '어차피 내 힘으로는 별로 할 수 있는 일도 없는데 그냥 다 모른 척하고 편하게 살고 싶다'며 한탄을 내뱉은 적이 있다. 한참을 가만히 듣고 있던 친구는 이렇게 대답했다.

"어디서 이런 얘기를 봤는데, 만약에 자기가 지금 해결을 위한 어느 부분에도 속해 있지 않다면 그 사람은 결국 문제의 한 부분이라고 하더라."

비난의 의도는 전혀 없이, 그저 선량함만 가득한 말이었는데도 그 순간 불평을 늘어놓던 나 자신이 부끄러워져 잠시 대꾸할 말을 찾지 못했다. 한참 전 나를 부끄럽게 만들었던 그 말은 지금까지도 내 정신머리를 붙들어 주고 있다. 문제에 속한 길로 들어서고 싶어질 때마다 손을 잡아끌어 내가 가야 할 길로 데려다 놓는다. 나라는 대단찮은 인간은 세상을 뒤흔드는 큰 흐름 속에서 끝없이 부유하는 작은 조각에 불과할 것이다. 그럼 어차피 한 번 사는 인생, 이왕이면 문제보다 해결의 파편이라도 되는 게 낫지 않겠나 싶다. 내가 침묵하고 회피해 온 사이 세상에 문제를 던져 온 이들이 나의 고백을 수월하게 만들어 주었듯, 나 역시 사는 동안 발끝에 채이는 조그만 돌부리 하나라도 빼낼 수 있기를. 그래서 내 뒷사람은 조금이라도 더 가뿐하게 발걸음을 옮길 수 있었으면 하고 바라 본다.

처음에는 식사 시간에만 한정됐던 고민이
소비생활 전반에 영향을 미치게 되면서
비육식은 식습관을 넘어 행동 방식을 결정하는
기준으로까지 자리 잡기 시작했다.
자연과 동물에게 조금이라도
피해를 덜 끼치는 선택이 중요해졌다.
설령 모든 걸 완벽하게 해내지 못하더라도
고민하는 그 자체가 삶에 의미를 가져다주었다.

검열 대신 응원을,
내가 더 잘해 나갈 수 있도록

~~~~~

    채식에 대한 개인과 사회의 관심도가 높아졌음에도 '채식주의자'라는 단어에는 여전히 별나고 서먹한 느낌이 묻어 있다. 채식주의자들에게 반감을 가지는 이유 중 가장 흔한 이유는 '자신의 신념을 남에게 강요해서 불편하다'라는 것이다. 내 경험으로만 비춰 봤을 때 자신의 신념을 강요하는 채식주의자보다는 식생활의 다양성을 인정하지 않는 사회에서 일관된 기준을 강요당하며 어려움을 겪는 채식주의자들이 더 많지만, 일부는 육식에 대한 무조건적인 비난과 함께 자신의 주장만 강요하는 이들도 있기는 할 것이다. 그러나 나는 고기를 먹지 않겠다고 다짐한 뒤로 내가 기억하는 한 단 한 번도 누군가에게 채식을 강요하거나 권한 적이 없다. 내 자랑으로 하는 이야기가 아니다. 내가 그럴 수밖에 없었던 건 타인에 대한 존중과 배려에 앞서 일단 내가 남들에게 채식을 강권할 만큼 바람직한 채식주의자가 아니었기 때문이다.

솔직히 말하면 나는 채소를 좋아하지 않는다. 몇 가지 맛 있게 먹는 채소도 있긴 하지만, 기본적으로 채소를 먹을 때 맛있다는 느낌을 받지 못한다. 내가 맛있다고 느끼는 음식 은 소위 '남의 살'이라 칭하는 동물성 원료가 꼭 들어간 음식 들이다. 고기를 즐기던 시절 나에게 채소란 여러 점의 고기 를 한 번에 먹기 편하도록 감싸 주거나 고기 맛을 더 풍부하 게 만들어 주는, 또는 고기 일색인 식단에 죄책감을 조금 덜 어 주는 용도의 식재료일 뿐이었다. 올바르게 실천해 나가 는 채식주의자의 사연이었다면 과거에 이런 입맛을 가졌더 라도 채식을 지향하는 동안 채소의 참맛을 느끼고 즐기게 되 었다고 전개될 것이다. 그러나 민망하게도 내 이야기는 그렇 게 흘러가지 않는다. 강산마저 변하는 10년이건만, 그보다 더 굳건한 내 입맛은 일말의 변화도 없이 여전히 채소에 질 색하며 남의 살을 내놓으라고 아우성이다. 비유를 하자면 어 느 날 갑자기 사냥감에게 마음을 쓰게 된 호랑이가 풀떼기만 먹고 살겠다고 다짐한 뒤 쩔쩔매는 꼴이나 다름없었다. 이런 이유 때문에 머리로는 언제나 '완전 채식(비건)'을 꿈꾸면서 도 도전할 엄두조차 내지 못하고 있다.

그 결과 나는 비육식을 다짐한 뒤부터 해산물을 엄청나게 먹기 시작했다. 아무래도 고기의 맛을 쫓아올 수는 없겠지만 내 입에 맛없는 채소에 비할 바는 아니었다. 치즈 같은 유제품과 달걀 역시 더 많이 먹게 되었다. 볶음밥 한 그릇을 먹더라도 채소만 들어가는 것보다는 치즈나 달걀이 하나라도 들어가야 더 맛있는 법이었다. 더불어 우유나 버터가 들어간 빵, 과자 섭취도 훨씬 많아졌다. 고기를 먹지 않는다고 하면 보통 '살 빠지겠네'라는 말을 많이 듣는데, 내 몸을 대상으로 한 임상 체험 결과 고기와 다이어트는 그다지 연관이 없다는 결론을 내렸다. 심지어 나는 고기를 먹지 않은 이후 그전보다 체중이 10kg 가까이 늘었다. 물론 나이와 잦은 음주 등의 이유도 있겠으나 단순히 고기를 먹지 않는다고 해서 살이 빠지는 건 아니라는 사실을 분명히 보여 주는 결과다. 이렇듯 말 그대로 고기만 안 먹고 다른 식재료는 아무 거리낌 없이 더 과하게 먹어 대는 생활을 지속했다. 그러면서도 은연중에 고기를 먹지 않는다는 이유만으로 윤리적인 식생활을 지향하고 있다는 생각을 해 왔다.

그러던 어느 날이었다. 열심히 점심을 먹다가 불현듯 '이번 주에 새우를 몇 번이나 먹었더라?' 하는 생각이 머리를 스쳤다. 대충 따져 보니 못해도 서너 번은 새우 요리를 선택한 것 같았다. 한 끼에 대여섯 마리만 먹었다고 쳐도 이번 주에만 스무 마리 가까이 새우를 먹어 치운 셈이었다. 한 주간 먹은 새우의 숫자를 헤아리는 그 순간조차도 내 앞에는 새우가 들어 있는 파스타가 놓여 있었다. 갑자기 이런 의문이 들었다. '소 한 마리를 잡으면 수십 명의 사람이 먹을 수 있는 반면 새우는 나 혼자 수십 마리를 먹는데, 이러한 식생활이 과연 내가 추구하는 방향과 일치할까?' 내가 비육식을 다짐한 계기는 공장식 축산업을 비롯한 먹거리 생산 시스템의 비윤리성을 알게 된 이후 거기에 동참하고 싶지 않았기 때문이다. 그러나 고기를 먹지 않는 대신 다른 생명을 더 거리낌 없이 많이 먹게 된다면 비육식을 지향하는 의미가 있는 것일까.

그때부터 식재료에 대한 고민이 점점 더 확장되어 갔다. 나 자신의 윤리와 실천 가능성을 바탕으로 허용 범위를 정했고, 고민을 거듭할수록 나름의 이유로 정한 기준이 하나씩 늘었다. 예를 들면 한때 즐겨 먹던 산낙지의 경우 해산물이기는 하지만 지금은 먹지 않는다. 낙지를 산 채로 뜨거운 물에 끓이거나 익히는 음식 역시 마찬가지다. 해산물이라도 조리 방식이 지나치게 잔인해 동물에게 고통을 유발한다면 섭취를 자제해야겠다는 생각이 들었기 때문이다. 또 동물의 생명을 직접적으로 취하는 식재료는 아니지만, 우유나 달걀 역시 공장식 축산업에 따른 착취의 결과물이므로 줄이기 위해 노력한다. 우유나 버터를 재료로 하는 빵이나 과자까지는 끊지 못하더라도, 우유 그 자체로는 섭취하지 않고 대신 아몬드나 귀리 등으로 만든 식물성 우유를 선택하는 식이다. 달걀의 경우 바깥 음식을 먹을 땐 어쩔 수 없지만, 직접 구입하는 경우에는 동물복지 달걀인지를 꼭 확인한다. 2019년부터 시행한 난각표시제에 따라 달걀 껍데기에 찍힌 숫자를 보면 달걀의 생산 이력을 쉽게 알 수 있다. 맨 처음 숫자 네 개는 산란일, 그 뒤에는 농장 번호를 표시하며, 맨 마지막 숫자 1부터 4까지가 산란계들이 사는 사육 환경을 나타낸다. 1번부터 순서대로 자유 방사, 축사 내 방사, 개선된 케이지, 기존 케이지 사육 방식을 뜻하는데 1, 2번은 동물복지 달걀이고 3, 4번은 배터리 케이지에서 생산한 달걀이다.

" 어렵지만 가장 중요한 일,

부족한 나를 믿고 지지해 주는 것 "

　채식에는 다양한 단계가 있다. 꼭 그 순서대로 이루어지
는 것은 아니지만 보통은 육류를 먹지 않는 것부터 시작한
다. 육류 중 닭 등의 가금류는 허용하는 채식을 폴로, 모든 종
류의 육류를 금하되 해산물은 섭취하는 것을 페스코, 우유
와 달걀만 먹는 채식은 락토오보, 동물성 식품 일체를 금하
는 채식이 우리가 흔히 아는 비건이다. 즉 비건은 채식의 여
러 종류 중 하나일 뿐, 채식을 실천하는 방법에는 여러 형태
가 존재할 수 있다. 닭고기 등 가금류를 먹는 폴로 베지테리
언의 경우 채식주의자라면서 고기를 먹는다고 조롱을 받기
도 하지만, 이 또한 아무 노력도 하지 않는 것보다는 의미가
있다. 탄소 발생률이 더 높고 사육에 필요한 면적 또한 더 넓
은 소나 돼지 등 대형동물을 줄이는 것이 채식을 통한 효과
를 보다 높일 수 있으므로 완전히 고기를 끊기 어렵다면 일
단 가금류만 허용하는 방식부터 시도해 볼 수 있다. 평생 해
나가야 할 도전에서 가장 중요한 건 무결함보다는 꾸준함이
기 때문이다.

그러나 이상하게도 실천하려고 노력하는 사람에게는 더 엄격한 잣대가 드리워졌다. 고기를 먹지 않는다고 하면 으레 "생선은 안 불쌍해?", "빵은 왜 먹어?", "그거 육수 아니야?" 등 별의별 말들이 뒤따르곤 했다. 단순한 궁금증이든 공격의 의도를 숨긴 질문이든 내 식생활에 대해 설명을 요구받는 상황이 반복되니 피곤했다. 그때마다 변명 또는 해명과도 같은 답변을 구질구질하게 늘어놓다 보면 문득 짜증이 솟을 때도 있었다. 어떨 땐 반항심 가득한 중학생처럼 '내가 뭘 먹든 당신이 무슨 상관이야? 그러는 당신들은 아무 노력도 하지 않잖아!'라고 속으로 소리치기도 했다. 나는 언젠가부터 매번 내 선택의 기준과 이유에 대해 정당성을 입증해야 할 것 같은 압박감을 느끼고 있었다. 조금 과하게 말하면 입에 음식을 집어넣는 순간마다 내 결정이 심판대에 오르는 듯한 기분이었다. 무엇을 먹든 그 선택에 대한 이유를 설명하고 합리화해야 할 것 같았다. 그러나 한참의 시간이 지나고 나서 깨달았다. 내가 느끼던 부담감의 정체는 무례한 조롱과 냉소를 보내던 타인들로부터 기인한 게 아니라는 것을. 내가 끝없이 설득하려고 했던 대상은 그 누구도 아닌, 바로 나 자신이었다. 내 안에서 이루어진 고민과 판단, 그에 따른 기준과 실천에 확신이 있었더라면 밖에서 불어오는 바람에 전혀 흔들리지 않았을 것이다.

"인생은 B(Birth)와 D(Death) 사이의 C(Choice)"라는 사르트르의 유명한 말처럼 누구나 삶의 요소마다 수많은 선택을 하며 살아가지만, 그 선택이 언제나 도덕적이고 정의로울 수는 없다. 돌이켜 보면 나를 괴롭게 했던 대부분은 잘못된 선택 그 자체가 아니라 내 선택이 잘못됐다는 사실을 인정하지 못하는 옹졸함 때문이었다. 하지만 이제는 안다. 나는 아마 앞으로도 숱한 실수를 거듭하고, 이치에 어긋나는 결정도 반복할 것이다. 그렇더라도 더 이상 나 자신을 정당화하기 위해 노력하지 않기로 했다. 스스로를 검열하며 타인에게든 나 자신에게든 정당성을 증명하려고 애쓸 필요는 없다. 대신 그 선택이 나에게서 뿌리내린 결과물이라면 다소 모순적이고 허술한 구석이 있더라도 좀 더 믿고 응원할 것이다. 내가 더 열심히 더 오래 지속할 수 있도록 나 자신이 가장 큰 힘이 되어 주겠다고 다짐해 본다.

고기를 먹지 않는 대신
다른 생명을 더 거리낌 없이 많이 먹게 된다면
비육식을 지향하는 의미가 있는 것일까.

내가 끝없이 설득하려고 했던 대상은
그 누구도 아닌, 바로 나 자신이었다.
내 안에서 이루어진 고민과 판단,
그에 따른 기준과 실천에 확신이 있었더라면
밖에서 불어오는 바람에 전혀 흔들리지 않았을 것이다.

음식이라 불리는
생명에 대한 최소한의 예의

07

‘나 당분간 문어 안 먹을 예정. 고기도 좀 줄여 보려고’

어느 날 오후 친구에게서 온 메시지 한 통. 나만큼이나 고기를 좋아해 한때 나의 육식 메이트였던 친구의 갑작스러운 선언이었다. 다른 건 몰라도 음식 취향만은 찰떡같은 사이였건만 내가 비육식을 결심한 뒤 우리는 그전까지 같이 즐겨 먹던 음식들을 더 이상 함께 즐길 수 없게 되었다. 그런데도 친구는 내 식습관을 불편해하거나 불만을 토로하기는커녕 ‘네가 안 먹는 만큼 네 몫의 고기까지 내가 먹을 수 있어서 좋다’고 말해 주곤 했다. 워낙 속이 깊기도 했지만, 그만큼 고기를 좋아하는 것도 사실이었던 친구가 어느 오후 갑자기 육식을 줄여 보겠다는 다짐을 보내온 것이다. 메시지를 확인한 나는 바로 답장을 보냈다.

‘너도 봤구나? 나의 문어 선생님?’

" 〈나의 문어 선생님〉이 우리에게 가르쳐 준 것들 "

최근 들어 문어를 못 먹겠다는 이야기가 종종 들려온다. 고기나 우유, 달걀도 아닌, 문어 금식 선언을 불러일으키고 있는 계기는 바로 〈나의 문어 선생님〉이라는 한 편의 다큐멘터리 영화였다. 먹이사슬과 약육강식이 자연의 법칙이라고는 해도 그 질서에 순응하며 살아가는 동물들의 치열한 삶과 죽음이 내게는 감당하기 어려운 것일 때가 많아서 웬만하면 자연 다큐멘터리는 잘 보지 않는 편이다. 그러나 계속 이어지는 호평에 아카데미 수상을 했다는 소식까지 들리자 점점 커지는 궁금증을 참지 못하고 용기를 내 〈나의 문어 선생님〉을 보았다. 예상대로 나는 많이 울었고 영화를 다 보고 난 뒤에는 눈물을 닦으며 식탁 위 문어에게 이별을 고했다.

영화 내용은 이렇다. 영화의 감독이자 주인공은 삶에 지쳐 찾아간 바다에서 우연히 문어 한 마리를 만나게 되고, 문어와 감정을 교류하며 우정을 나누는 과정을 영상에 담았다. 처음 만났을 때만 해도 사람에게 잔뜩 경계를 보이던 문어가 점차 마음을 열고 마침내 다리를 뻗어 감독의 손을 잡거나 심지어 품에 안기기까지 하는 모습은 놀라움을 넘어 경이로 움까지 느끼게 했다. 인간과 동물의 종을 넘어선 교감, 아름 답지만 위험한 자연에서 살아남기 위해 최선을 다하는 문어 의 삶, 바다에서 죽음을 맞이하는 마지막 순간. 모든 장면마 다 평소 체감하기 힘든 감동이 있었다. 문어 이야기에서 감 동을 느끼면 얼마나 느낄 수 있겠나 내심 생각했던 게 부끄 러워질 만큼 영화를 보는 내내 문어의 감정과 생각이 뚜렷하 게 전해졌다. 영화가 끝나면 문어는 더 이상 수산물 시장이 나 식탁 위에서만 보는 식재료가 아니게 된다. 문어는 매 순 간 자신의 생을 지켜 내기 위해 치열하게 투쟁하는 존재다. 다른 종에게까지 감정을 전달하고 상대의 감정을 읽으며 교 감할 줄 아는 동물이다. 이름 하나로 무의미한 몸짓이 꽃이 되어 다가오듯, 문어의 삶을 들여다보자 문어는 내게로 와 귀중한 생명이 되었다.

완전히 끊지는 못했어도 사실 문어는 이미 오래전부터 자 제하기로 다짐한 식재료 목록 중 하나였다. 문어가 병뚜껑을 여는 짧은 영상을 본 뒤부터였다. 그 영상으로 문어가 사람 과 감정적 유대관계를 맺을 수 있다고까지는 생각하지 못했지만, 길고 흐느적거리는 다리를 이용해 병뚜껑을 돌려 따는 문어의 모습이 왠지 모르게 충격으로 다가왔다. 나중에 알게 된 사실이지만 문어는 꽤 지능이 높은 동물이었다. 정확하게 지능을 측정할 척도는 없지만 개와 비슷한 수준이라는 주장도 있으며, 무척추동물 중에서는 지능이 가장 뛰어나다고 한다. 뿐만 아니라 최근 연구 결과에 따르면 몸의 고통뿐 아니라 정서적인 고통 또한 느낄 수 있다고 하는데 이는 다시 말하면 감정 활동 역시 가능할 수 있다는 뜻이다. 지능 수준에 따라 먹어도 되는 동물과 그렇지 않은 동물을 판가름할 수 있는 건 아니지만, 그 대상이 '고등동물'에 가까울수록 단지 음식으로만 여기기 껄끄러워지는 건 사실이다. 똑같이 식재료로 이용하는 동물이라도 소, 돼지를 죽이는 모습은 보고 있기 힘들지만, 살아 있는 낙지를 칼로 잘게 다지거나 팔딱대는 새우를 뜨거운 냄비에 집어넣어 구워 먹는 음식은 그냥 조리법의 하나로 자연스레 받아들여지곤 한다. 동물복지가 주요한 가치로 자리 잡아 가고 있는 지금도 무척추동물의 고통은 비교적 가볍게 다뤄지거나 아예 그들이 고통을 느끼지 못한다고 오해하는 경우도 많다.

동물의 생명을 존중하고 동물과 사람의 공존에 이바지함을 목적으로 존재하는 동물보호법 역시 무척추동물의 복지는 염두에 두고 있지 않다. 우리나라 동물보호법에서 보호의 대상으로 두고 있는 동물은 포유류, 조류, 그리고 파충류, 양서류, 어류 중 식용을 목적으로 하지 않은 동물이다. 인간 외모든 동물은 인간의 필요에 따라 존재 목적이 규정되는 세상이라지만, 식용으로 쓰이는 어류와 갑각류, 연체동물 등은 형식적으로나마 공존을 꾀해야 할 동물의 범주 안에도 들어가지 못한 채 그야말로 오직 식재료로서만 존재하는 것이다. 신체적 고통뿐 아니라 정서적 고통까지 느끼는 문어는 단지 생물학적 분류를 기준으로 한 '인간과의 공존 대상'에 들어가지 못했다. 바닷속에서 문어는 천적에 맞서 생존할 수를 궁리하고 다른 종의 생물과 감정을 교류할 줄 아는 동물이지만, 인간 사회로 나오면 팔팔 끓는 물속에서 극도의 고통에 온몸을 뒤틀며 죽어 가는 존재일 뿐이다.

오랫동안 보편화된 식문화일지라도 동물에게 고통을 가하

는 조리법이라면 개선이 필요하건만, 최근 들어서는 단순히 먹기 위한 목적을 넘어서 동물을 대상으로 더 엽기적인 행태까지 자행되고 있다. 누구나 영상을 제작해 송출할 수 있는 매체가 발달하면서 지극히 일부에게만 주어지던 방송의 영향력이 개인의 손에까지 쥐어졌다. 자신이 제작해 올린 영상이 인기를 끈다는 것은 곧 경제적 이익이 뒤따름을 뜻했다. 공적인 심의 절차도 거치지 않은 채 홍수처럼 쏟아지는 영상들 속에서 눈길을 끌기 위해 일차원적 쾌락을 자극하는 영상이 수없이 생성됐다. 소위 '먹방'이라 불리는, 음식을 먹는 방송은 대중의 욕구에 아주 적절히 부합하는 콘텐츠였다. 음식은 생존 수단을 넘어 유희를 위한 도구가 되었다. 마찬가지로 식재료 취급을 받던 수많은 동물 역시 인간의 오락거리로 전락했다. 대중의 관심을 붙들어 놓으려면 더 새롭고 자극적인 콘텐츠가 계속 필요했고, 누군가는 이를 위해 동물의 고통을 전시하기에 이르렀다. 인류가 역사상 유례없는 풍요의 시대를 누리는 지금, 식재료로 이름 붙은 생명들은 끝이 보이지 않는 수난의 터널 속에 갇혀 버렸다.

최근에는 달궈진 와플 팬 위에 살아 있는 낙지를 올려놓고

굽는 영상을 게시한 방송도 있었다. 오로지 대중의 관심을 끌기 위한 목적이었다. 뜨거운 와플 팬 위에서 지독한 고통에 몸부림치며 꿈틀거리는 낙지를 와플 팬으로 수차례 누르는 모습을 누구나 볼 수 있는 매체에 게시했음에도 이를 현행법으로 제재할 방법은 없었다. 낙지는 식재료일 뿐 인간이 법으로 정해 놓은 '보호와 공존의 대상'에 들어가지 못했기 때문이다. 낙지는 식재료로 쓰이는 동물이며, 살아 있는 상태에서 조리하는 방식이 일반적이기 때문에 이 영상 역시 학대가 아니라는 의견도 있기는 하다. 그러나 법이 어떻든, 그 동물이 지금까지 어떤 식으로 조리되어 왔든 간에 이를 유희로 전시하고 소비하는 행위는 완전히 다른 차원의 이야기다. 타자의 고통을 재미로 삼는 건—비록 그 대상이 식재료로 이용되는 동물일지라도— 인간을 인간답게 만드는 최소한의 윤리성마저 저버린 짓이다.

" 먹고살 만한 세상에 살아가는
사람으로서의 책임과 의무 "

최근 개정한 영국 동물복지법이 랍스터, 게, 오징어 등 무척추동물까지 법안 적용 대상을 확대할 방침이라고 밝혀 화제가 되고 있다. 무척추동물 역시 고통을 느끼는 존재로서 그 고통에서 자유로울 권리가 있으므로 척추동물에게만 적용되는 현행법을 개정해 갑각류와 연체동물의 복지권을 확대하겠다는 것이다. 같은 취지로 스위스는 이미 2018년 동물보호법 개정안에서 랍스터를 산 채로 조리하는 행위를 금지했다. 동물의 권리 측면에서는 그야말로 획기적인 사건이었기에 이에 대한 국내의 반응이 궁금해 기사 댓글을 훑어보았다. 늘 그렇듯 '식물도 고통을 느낀다'며 식물 권리를 주장하는(그러나 실제로는 식물의 권리를 위해 어떠한 노력도 하지 않는) 식물보호론자들도 있었고, 다른 나라의 영향을 받아 우리나라에서도 산낙지를 못 먹게 될까 우려하며 공격적인 반응을 보이는 사람들도 있었다. 비난과 조롱의 숲을 슥슥 헤치며 읽어 내려가다 보니 공통적으로 등장하는 말이 눈에 띄었다.

'아주 먹고살 만하니까 이제 별의별 쓸데없는 짓을 다 하는구나.'

조롱의 의도였겠지만 맞는 말이다. 지금 우리는 먹고살 만한 시대에 살고 있다. 그냥 먹고살 만한 정도가 아니다. 얼마 전 유엔무역개발회의(UNCTAD)에서 대한민국의 지위를 선진국으로 변경했다. 이로써 우리나라는 UNCTAD 설립 이래 최초로 개발도상국에서 선진국으로 지위가 변경된 나라가 되었다. 분배의 불평등을 감안하더라도 우리는 매일 약 1만 5000톤의 음식물 쓰레기를 배출할 만큼 먹을 게 넘치는 나라에서 살아간다. 배를 채우기 위해 환경오염이든 동물 착취든 그냥 묵인할 수밖에 없었던 시대는 이미 한참 전에 지났다는 이야기다. 내게 경제적 이익을 가져다주지 않는 행동, 혹은 나 말고 다른 존재의 고통을 고려하는 마음을 별의별 쓸데없는 짓으로 정의한다면, 그래, 우리는 이제 쓸데없는 짓에 눈을 돌릴 만큼 먹고살 수 있게 되었다. 게다가 지금의 먹고살 만한 세상이 얼마나 많은 생명을 짓밟고 이루어졌는지 생각한다면 그 쓸데없는 짓은 각자의 선택과 자유이기보다는 현재를 누리는 인간으로서 책임과 의무에 가까울 것이다.

다른 생명을 먹는다는 건 재미로 소비할 일이 아니다. 농장동물부터 무척추동물에 이르기까지 어떤 동물을 식재료

로 이용하는 것이 그 동물을 어떻게 대하든 용인한다는 의미
가 되어서는 안 된다. 그 대상에 대한 가해와 학대 행위에 면
죄부로 작용하는 건 더더욱 말도 안 되는 일이다. 지금껏 생
명에 식재료라는 이름을 붙이고 저질러 온 행위가 그들의 고
통을 전혀 고려하지 않는 방식이었다면 이를 중단하고 제재
할 방법을 찾기 위해 노력하는 게 마땅하다. 오로지 인간에
게 먹히기 위해 태어나고 살아왔던 모든 생명에게 원래의 삶
을 되찾아 주기까지는 오랜 시간이 걸리겠지만 그 과정에서
도 희생의 무게를 가벼이 여기지 않기를. 그 시작을 위해 고
민과 논의를 해도 될 만큼은 우리 사회가 성장하고 성숙했다
고 나는 믿는다.

동물을 물건이 아닌
제3의 객체로

08

법무부가 동물의 지위를 재조명하겠다는 계획을 밝힌 지
두 달이 지난 2021년 9월, '동물은 물건이 아니다'라는 내용
의 민법 개정안이 국무회의를 통과했다. 1인 가구와 같은 다
양한 가족 형태가 늘어남에 따라, 이를 포용할 수 있는 실질
적 제도 개선의 차원에서 이미 가족구성원의 하나로 자리매
김한 반려동물도 '가족'의 대상에 포함한 것이다. 지금까지
우리 사회에서 동물은 말 그대로 '물건' 취급을 받아 왔다. 동
물을 생명이 아닌 재산이나 물건으로 취급하는 인식은, '내
가 소유한 동물은 내 마음대로 해도 된다'는 생각을 정당화
했다. 더 나아가 동물을 필요에 따라 얼마든지 이용 가능한
수단으로 인식하게 만들었다.

동물을 물건으로 바라보는 시각은 비열한 동물 학대자에
게만 국한되는 이례적인 것이 아니라 법과 제도 등 사회 전
반에 걸쳐 작용했다. 채무자의 재산을 강제 집행할 때 그가

키우던 반려동물까지 압류 대상에 포함하는 것은 민법상 동물의 지위를 여실히 드러낸다. 심지어 전기봉을 이용해 개를 도살한 사건에 대해 소유자가 동물을 죽이는 건 처벌 대상이 아니라며 법원에서 무죄를 선고한 사례도 있다. 모두 동물을 물건으로 인식하고 소유자의 재산으로 여기기 때문에 벌어지는 일이다. 이러한 폐단을 해결하려면 동물의 법적 지위부터 바로잡아야 한다는 요구가 끊임없이 제기되었지만, 여전히 동물의 지위는 물건에 머물러 있는 형편이다. 이 같은 현실에서 동물의 지위를 비물건화하기 위한 법무부의 민법 개정안은 가뭄의 단비만큼이나 반가운 소식이다. 다만 2021년 9월 국무회의를 통과한 뒤 아직까지도 통과되지 못하고 국회에서 계류 중이라는 사실은 아쉬운 지점이다.

동물을 바라보는 제도적 시각과 관계를 개선하기 위한 정부의 움직임이 이번이 처음은 아니다. 2018년 발표한 헌법 개헌안에서도 '국가는 동물보호를 위한 정책을 시행해야 한다'는 조항을 명시함으로써 동물보호에 대한 국가적 의지를 드러냈다. 건국 이래 우리나라 헌법에 동물보호에 대한 국가적 의무를 나타낸 건 그때가 처음이었다. 독일, 스위스, 오스

트리아 등의 국가에서 이미 헌법에 동물보호를 명시하고 동물을 물건에서 제외한 것처럼, 우리나라 역시 헌법 개헌을 시작으로 동물과의 관계를 재정립하리라는 기대감이 높아졌다. 그러나 정치 싸움 속에서 개헌이 수포로 돌아가며 안타깝게도 헌법에 동물보호 의무 조항 기재는 무산되고 말았다. 그 후 3년이 지나 이번엔 법무부가 동물의 지위를 재정비하겠다고 나섰다. 이번만큼은 원래의 취지에 걸맞게 바람직한 방향으로 논의가 진행되어 법안 통과까지 이루어지길 바라는 마음이 간절하다.

" 재산으로 취급되는 동물의 한계 "

동물에게 물건이 아닌 제3의 지위를 부여하는 것은 단순히 인식의 문제에만 그치지 않는다. 동물보호활동을 하면서 동물의 법적 지위로 인해 한계에 부딪히는 가장 흔한 경우는 학대 사건이 발생했을 때다. 현재 동물보호법은 동물 학대 사건 발생 시 학대자에게서 피학대동물을 격리하여 최소 3일 이상 보호하도록 규정하지만, 3일이 지난 뒤 소유자가 반환을 요구하면 학대자에게 동물을 다시 돌려보내게 되어 있다. 즉 동물을 학대한 행위에 대해 처벌은 가능해도 학대자에게서 동물을 빼앗거나 다시 키우지 못하도록 법으로 제한할 방법은 없는 것이다. 뿐만 아니라 동물 학대 사건이 발생했을 때 더 강력한 처벌을 위해 재물손괴죄를 적용하기도 한다. 동물을 물건으로 취급하는 문제가 있음을 알면서도, 동물 학대보다 재물손괴를 더 강하게 처벌하는 경향 탓에 재물손괴를 함께 적용하는 것이다. 생명을 해친 죄보다 재물을 망가뜨린 죄를 더 무겁게 여기고, 동물을 학대한 사람이라도 동물에 대한 소유권을 박탈할 수는 없다. 이 모든 게 동물의 생명이나 안전보다 소유자의 재산권을 더 중시하기 때문에 벌어지는 일이며, 그 재산권에는 물건으로서의 동물을 소유할 권리도 포함된다.

활동을 하는 과정에서 특히 고충을 겪을 때는 방치된 동물을 마주했을 때다. 열악한 환경에 동물을 방치하는 것은 물리적인 학대만큼이나 동물에게 고통을 주는 행위지만 이를 규제할 근거가 부재했다. 방치를 하여 동물을 죽음에 이르게 하는 경우에만 동물 학대로 규정한 법 조항 탓에 방치 행위 그 자체는 규제할 방법이 없었다. 무더운 여름 뙤약볕 아래 물 한 모금 마시지 못하고 묶여 있거나 한겨울 바람 한 점 피할 수 없는 곳에서 추위 속에 방치된 동물, 지저분한 사육장에서 질병이나 상처 치료도 제대로 받지 못하고 살아가는 동물, 아주 가끔 죽지 않을 정도로만 급여되는 먹이로 연명하는 동물. 이 모두가 법으로는 구조 대상이 아니었다. 만약 도움을 주기 위해 소유자의 허락 없이 동물을 데리고 나오면 오히려 구조자가 절도범이 되는 상황이 발생하기도 했다. 시청에서 일하던 시절 괴롭고 자괴감이 들 때가 이런 경우였다. 분명 동물을 위해 누군가 개입해야 하는 상황인데도 법으로는 어떠한 규제도 불가능했다. 현장에 나가 봤자 내가 할 수 있는 일이라고는 소유자를 붙들고 계도 조치를 하는 게 고작이었다.

"동물에게 매일 밥과 물을 주세요."
"추위를 피할 수 있게 동물에게 집을 마련해 주세요."
"다친 동물은 병원에 데려가서 치료를 받게 해야 합니다."

유치원생도 알 법한, 지극히 당연하고 기본적인 이야기를 상기시키는 것 말고는 할 수 있는 게 없었다. 더럽고 열악한 환경에 아무렇게나 방치해 놓은 동물을 보면, '저럴 거면서 도대체 동물을 왜 키우냐'는 말이 목구멍까지 차올랐다. 자기는 삼시 세끼 꼬박꼬박 챙겨 먹으면서 동물에게는 사료 한 줌, 물 한 그릇도 제대로 주지 않는 소유자에게 분노가 치밀어 멱살이든 머리채든 잡아 흔들고 싶었다. 그러나 성질대로 화를 낼 수도 없는 노릇이었다. 상대가 동물의 소유자이고, 동물의 안전이 오롯이 그의 손에 달려 있다는 사실만으로도 상대는 갑, 나는 을의 입장이었다. 동물을 빼앗아 올 수도 없는 주제에 열이 뻗친다고 화를 쏟아 낸다면 그다음엔 무슨 일이 벌어질 것인가. 별것도 아닌 일로 괜한 봉변을 당했다는 생각에 가끔 주던 음식마저 주지 않거나 아무도 보지 못하는 곳에서 동물을 걷어차고 때리거나 괴롭힘의 정도가 더 심해진다면 내 화는 과연 누구를 위한 것이겠는가. 해결책이 없는 상황에서 지르는 분노는 이기적인 분풀이에 불과했다.

화를 낼 상황과 그렇지 않은 상황을 구별하는 것은 화를 내야 할 때 제대로 화내는 것만큼이나 중요했고, 참아야 할 순간에 화를 참아 내는 건 더더욱 중요했다. 내가 나가는 대부분의 현장에서는 속으로 화를 삭이고 상대를 회유하는 것이 그나마 더 나은 선택이었다. 그들의 비위를 거스르지 않고 잘 구슬려 동물들이 조금이나마 더 나은 환경에서 살 수 있도록 하는 것이 그 당시 내가 할 수 있는 최선이었다. 물론 그마저도 소유자가 조금이나마 말이 통하는 사람이었을 때 가능한 이야기다.

다행히 지금은 동물보호법이 개정되어 소유자의 사육 관리 의무가 법으로 규정되었고, 이를 어기면 동물 학대로 처분할 수 있다. 동물이 방치되어 굶어 죽은 뒤에야 학대자를 처벌할 수 있었던 법이 개선됨으로써 이제는 누군가 동물을 굶기면 방치된 동물이 굶어 죽기 전에 구조할 수 있게 되었다. 그러나 아직까지 이 조항은 반려 목적으로 키우는 동물에 대해서만 해당하기 때문에 반려동물이 아닌 다른 동물은 열악한 상황에 방치되어도 여전히 구제할 방법이 없다는 한계가 있어 개선이 요구된다.

사회의 진보는 기술의 발전이나 부의 축적만으로 측정할수 없다. 그 사회가 얼마나 많은 구성원을 포용하는지, 구성원 간 삶의 격차는 어느 정도인지, 그 격차를 줄이기 위해 어떠한 고민과 노력을 하는지가 사회의 수준을 측정하는 진정한 지표일 것이다. 그 기준으로 본다면 지금 우리 사회는 이제 출발점을 막 통과했을 뿐이다. 인권에서 동물권으로, 우리와 친밀한 동물부터 그렇지 않은 동물까지 사유와 고민을 확장해 나가야 한다.

계급제도가 있던 시대에 인간은 다 같은 인간이 아니었다. 돈으로 인간을 사고팔던 시절, 누군가는 인간을 착취하고 누군가는 자유와 권리를 박탈당했다. 계급제가 철폐된 지금까지도 권력의 차이는 계속되며 보이지 않는 계급을 양산하고 있다. 최소한의 권리라도 보장해 달라는 노동자들의 요구에 집단 해고로 응답하는 고용주의 태도는 노동자를 조직의 소모품으로 인식하는 데에서 비롯한다. 가정 폭력의 주범들이 '내 자식 내 마음대로 키운다는데 무슨 상관이냐, 제3자는 빠져라'라고 당당하게 외치는 건 가족을 자신의 소유물로 여기기 때문일 것이다. 권력의 불평등을 해소하기 위해서는 착취당하는 이의 지위를 바로잡는 일부터 시작해야 한다. 계급의 사다리 위쪽에 자리한 이들의 자발적 각성에만 기대서는 아무리 오랜 시간이 흐른다 해도 격차를 줄일 수 없다.

동물의 법적 지위를 격상하는 것 역시 마찬가지다. 물건 취급을 받던 반려동물의 지위에 문제를 느끼고 이를 개선하려는 움직임은 분명 대단한 변화이지만 아직 시작에 불과하다. 우리와 정서적으로 밀접한 교감이 없거나, 인간의 가족 구성원으로 인정받는 동물이 아닐지라도 생명은 그 자체로 존중받아 마땅하다. 동물을 물건이나 수단이 아닌 생명으로 받아들인다면 지금까지 당연하게 느꼈던 모든 일들이 더 이상 당연하지 않게 된다. 옷을 만들기 위해 동물의 가죽을 벗기는 것도, 유희를 위해 동물을 가두고 전시하는 것도, 식재료를 얻기 위해 동물을 급속도로 살찌워 죽이는 것도, 당장 금지할 수는 없지만 최소한 당연한 일은 아니다. 동물의 지위에 대한 사회적 고민이 오랜 시간 공고히 굳어져 있던 우리의 인식에 작은 실금이라도 그을 수 있길 바라 본다.

도살장의 벽이
유리로 되어 있다면

몇 년 전 한 예능 프로그램을 둘러싸고 논란이 일어난 적이 있다. 한집에 모인 출연자들이 공동생활을 하면서 직접 먹거리를 생산해 음식을 만들어 먹는 과정을 보여 주겠다는 취지의 프로그램이었다. 내용만 들으면 무척이나 평화롭고 단란한 풍경이 그려지지만, 그 프로에는 한 가지 문제가 있었다. 그들이 만들고자 했던 요리가 닭볶음탕이라는 점이다. 제작진은 닭볶음탕에 들어가는 채소부터 주재료인 닭까지 직접 키워 하나의 요리를 만들겠다고 밝혔다. 즉 달걀을 부화시키는 일부터 시작해 병아리가 닭이 될 때까지 키워서 마지막에는 그 닭을 도살해 고기로 먹는 내용까지 담겠다는 이야기였다. 이 프로그램이 방영 예정이라는 사실이 알려지자 동물보호단체를 비롯한 동물권운동가들은 크게 반발했다. 우리가 실제로 먹고 있는 닭고기는 공장식 축산업 시스템의 결과물이므로 해당 프로그램은 육계 사육 현실을 전혀 반영하지 못하며, 닭을 그저 오락거리로 취급할 뿐이라는 이유에서였다. 단체들의 주장에도 타당한 면이 있다. 전원생활 속 자급자족의 로망이 담긴 TV 프로그램에서와 달리 우리가 실제로 먹는 닭은 공장식 축산업 시스템의 결과물에 불과하다. 또한 동물을 먹거리가 아닌 생명 그 자체로 바라보는 시각에서는 직접 키운 닭을 잡아먹는다는 것이 지나치게 잔인하고 엽기적으로 비칠 수도 있다.

실제로 인간에게 먹히기 위해 키워지는 동물들은 도살되기 전까지도 '살아간다'라고 표현하기 어렵다. 그들은 마음대로 몸을 움직이지도 못하고, 밥을 먹는 양과 시간조차 자신의 의지로 정하지 못한다. 그저 잡아먹히기에 적당한 크기로 성장할 때까지 숨이 붙어 있을 뿐이다. 방송을 반대하는 사람들의 주장처럼 그 프로그램은 공장식 축산업의 끔찍한 현실 중 어느 하나도 제대로 반영하지 못할 게 분명했다. 그럼에도 나는 동물권운동가들이 반대하는 그 몹쓸 프로그램의 방영을 원했다. 아니 방영뿐 아니라 가능한 한 그 프로그램이 흥하기를 바랐다. 내 몸에 여전히 육식주의자의 기질이 남아 있어서? 혹은 고기가 될 운명을 피하지 못할 바에는 최소한 사는 동안에라도 행복한 닭을 보고 싶어서? 그런 이유는 아니었다. 나는 그 프로그램이 사람들에게 '닭고기'를 '닭'으로 느끼게 할 계기가 될 수 있을지도 모른다고 생각했다. 알 낳는 기계 또는 종이 상자 속 튀김 조각이 아니라 살아 숨 쉬는 닭을 만날 기회. 털이 뽑히고 잘 손질된 식재료 대신 흙바닥을 쪼고 푸드덕거리며 날갯짓을 하는 진짜 닭을 말이다.

" 그들은 직접 키운 닭으로
닭볶음탕을 만들어 먹을 수 있었을까 "

많은 이들의 반발과 우려에도 불구하고 그 프로그램은 예정대로 방영되었다. 출연진들은 닭볶음탕을 목표로 하여 달걀을 부화시켰고 병아리에서부터 닭을 키웠다. 사람들의 귀염을 받던 노랗고 보송한 병아리는 어느새 닭볶음탕의 재료로 제 역할을 충실히 할 수 있을 만큼 자랐다. 마침내 닭볶음탕 조리가 예정된 날. 출연자들은 수개월간 직접 키워 낸 농작물을 수확하고, 닭을 식재료로 사용할지 결정하기 위해 투표를 했다. 투표 결과에 따라 그곳의 닭은 계속해서 닭으로 남게 될 수도, 찌개 국물 속 고기가 될 수도 있었다. 결과는 어땠을까? 그들은 결국 닭 없는 닭볶음탕을 먹기로 결정했다. 더 많은 수의 사람들이 자신이 키운 닭을 잡아먹지 않겠다고 투표를 한 것이다. 그중 한 출연자는 이런 말을 했다.

"이 풍요로움 속에 굳이 스스로 키운 닭을 먹어야 할까 싶었다."

그렇다면 스스로 키운 닭을 먹는 게 꺼려지는, 혹은 거부감이 든 이유는 무엇일까? 마트 진열대 위 잘 손질된 닭을 사다가 요리하는 것과 직접 키운 닭을 잡아서 음식을 만들어 먹는 것 사이에는 결과적으로 아무 차이가 없다. 그럼에도 그들에게는 닭볶음탕의 주재료를 포기하게 할 만큼 큰 차이가 생겼다. 해당 프로를 반대하던 이들은 '제작진이 처음부터 닭을 식량이나 식재료로만 규정하고, 그렇게 바라보도록 종용한다'고 비판했다. 제작진의 진짜 의도가 무엇이었는지는 확인할 길이 없다. 그러나 우려와 다르게 실제로는 먹기 위해 키우기 시작한 닭을 단순히 식재료로만 바라보지 못하게 된 사람들이 더 많은 듯 보였다.

'도살장의 벽이 유리로 되어 있다면 모든 사람은 채식주의자가 될 것'이라는 유명한 말이 있다. 어떤 사실에 대한 인지 여부도 행동에 차이를 가져오는 요인이지만, 단순히 알고만 있는 것과 눈으로 직접 실상을 들여다보는 것은 의식에 가해지는 타격의 정도가 천지 차이다. 나 역시 수백만 마리의 돼지가 죽어 가는 모습을 영상으로 본 뒤 육식을 자제하겠다는 다짐을 한 것처럼, 육식의 문제를 다룬 다큐멘터리나 영화 등을 계기로 육식을 결심한 사람들을 종종 볼 수 있다. 할 헤르조그의 저서 《우리가 먹고 사랑하고 혐오하는 동물들》은 육식의 문제를 깨닫고 고기를 반대하게 되는 변화를 가리켜 '도덕화(moralization)'라고 표현한다. 이는 가치중립적 선호를 부도덕한 행동과 연결 짓는 과정을 뜻하는 단어로, 저자는 노예제도나 흡연 등도 도덕화 과정을 거쳐 금해야 할 사안으로 받아들여지고 있다고 이야기한다. 그러나 그는 육식의 경우 자제해야 할 명백한 근거가 수없이 많은데도 불구하고 고기를 도덕화하는 활동은 대부분 실패했다고 말한다.

책 내용처럼 실제로 육식의 문제를 보고 들은 모든 이들이 채식을 결심하는 것은 아니다. 또한 나처럼 고기를 자제하겠다고 굳게 다짐해 놓고서도 실천에 어려움을 겪는 경우도 많다. 육식의 문제에 대한 인지가 행동 양식의 전환으로 쉽게 이어지지 못하는 이유 중 하나는 고기가 동물을 죽여서 얻는 식재료라는 사실을 쉽게 떠올리기 어렵기 때문이다. 이를 단지 개인의 신념이나 의지 부족으로만 돌릴 수는 없다. 산업은 소비를 촉진하기 위해 소비자의 눈을 가리고 시선을 다른 데 돌리기 바쁘다. 푸른 초원에서 평화롭게 풀을 뜯는 소들의 모습은 지속적으로 노출하면서도 반대로 실제 농장동물을 사육하고 도살하는 작업장의 모습은 감춘다. 동물을 종별로 범주화하여 차별의 근거를 마련하고, 우리의 인식 속에서 고기와 살아 있는 동물 간의 연결고리를 철저히 단절시켰다. 이 작업이 어찌나 성공적이었는지 족발집과 치킨집 마스코트로 돼지나 닭 캐릭터를 사용해도 거부감 없이 받아들여지고 있을 정도다. 아무리 그림이라도 자신의 잘린 다리를 손에 들고 웃고 있는 돼지나 닭의 모습이라니, 내가 지금 먹고 있는 음식의 출처를 확실하게 인지하고 있다면 절로 거부감이 드는 장면이 아닌가. 그러나 진실은 가려지고 소비는 권장된다. 불편한 감정이 잠깐 마음을 스치고 지나가도 그뿐이다. 육식은 인간에게 자연스러운 일이고, 거대 산업의 잘못

된 구조와 농장동물의 비참한 현실은 나 하나의 노력으로 바꿀 수 있는 것도 아니니까.

" 휴대폰 배경 화면에 돼지 사진을 저장한 이유 "

고기 권하는 사회에 적극 편입하여 누구보다 즐겁게 육식의 기쁨을 누려 왔던 나 역시 꽤 오랫동안 고기와 생명 간의 연결고리를 단절시킨 채 살았다. 아니, 애초부터 고기와 생명을 연결 지어 생각한 적도 없다는 게 더 정확한 표현이겠다. 그러니 나에게 비육식이란 '관계의 회복'보다는 '관계의 시작'에 가까웠다. 새로운 관계를 형성하는 일. 당연히 그 과정이 순탄치만은 않았다. 바쁜 일상을 지나는 매 순간 농장동물의 참혹한 현실이 절절하게 존재감을 드러내는 것은 아니었다. 메뉴 선택이 어려운 구내식당에서 좋아하지도 않는 김치 하나로 대충 밥을 넘겨야 했던 날이나 하루 종일 시달리고 퇴근하는 길에 고깃집 유리창 너머 술잔을 기울이는 사람들을 볼 때면 가까스로 만들어 가던 새로운 관계가 다시 원점으로 돌아가는 것만 같았다. 어떻게 하면 고기를 앞에 두고 음식보다 생명을 먼저 떠올릴 수 있을지 괴롭고 막막했다.

 '음식이 된 이후보다 살아 있을 때의 모습을 더 자주 본다면 고기가 되기 전의 동물을 상상할 수 있지 않을까?'

 문득 이런 생각을 한 뒤 눈만 쳐다봐도 괜시리 미안해지는 소의 얼굴이나 자유롭게 살아가는 닭의 사진 등을 프린트해서 집에 붙여 놓았다. 내가 유독 좋아했던 돼지고기, 아니 돼지의 사진은 더 자주 눈에 띄도록 휴대폰 배경 화면에 저장했다. 그것도 최대한 행복하고 귀여운 모습으로. 고기가 먹고 싶어질 때마다 휴대폰을 열어 '처음부터 고기로 태어나는 생명은 없다. 얘는 원래 귀여운 돼지였다'라고 자기 암시를 거는 내 모습에 친구는 눈물 나서 못 봐주겠다며 그 정도면 그냥 먹고 살라고 웃었다. 그런 짓을 하고 있자면 나 역시 민망하기도 하고 이렇게까지 고기를 포기하기 어려워하는 자신에게 어처구니가 없기도 했다. 그래도 살아 있는 동물의 모습을 보면 고기에 대한 열망이 꽤 사그라들었기에 한동안 나는 거의 식사 때마다 휴대폰을 찾아 들곤 했다.

신기한 건 의식적으로 계속 동물의 진짜 모습을 보다 보니 언제가부터 자연스레 고기에서 동물의 존재가 연상되기 시작했다는 사실이다. 비단 식사 시간만이 아니었다. 지금껏 무심하게 지내 온 시간이 신기할 만큼 평소에도 자주 그들이 생각났다. 유독 잠이 오지 않는 날, 말똥한 정신으로 어두운 방 안에 멀거니 누워 있다 보면 불현듯 고기가 될 운명의 동물들이 떠올랐다. 내가 편안한 침대에서 활개를 치며 뒹굴고 있는 지금 이 시간에도 오직 먹히기 위해 자유를 빼앗긴 동물들 수백억 마리가 갇혀 있다고 생각하면 이상한 기분이 들곤 했다. 오늘 밤 축사 안에서 고달픈 잠을 청했을 동물과 해가 뜨면 도살될 동물. 인간의 음식으로 쓰이는 게 존재의 목적인 생명. 육식은 인간의 당연한 식생활이라지만 그들이 처한 현실을 상상할수록 뭔가 자꾸 부자연스럽고 기이하게 느껴졌다.

긴 시간 동안 내가 아무 거리낌 없이 고기를 먹을 수 있었던 이유는 육식이 생명을 취하는 행위라는 자각을 하지 못했기 때문이다. 마찬가지로 고기가 동물의 몸이라는 사실은 모두가 알고 있지만, 정육 코너에 포장된 고깃덩어리에서 생명의 흔적을 감지하는 이들은 많지 않다. 캐스린 길레스피는 이러한 태도를 이중사고라고 지적한다. 진실과 정면으로 마주하게 되면 어쩔 수 없이 맞닥뜨려야 할 고통과 불편함을 회피하기 위해 모순적인 두 가지 상황을 모르는 척 받아들인다는 이야기다. 그러나 이중사고가 육식을 유지하게 만드는 기제라면 이중사고를 탈피하려는 시도는 곧 비육식으로 향하는 길이 되리라 믿는다. 직접 키운 닭을 먹지 못할 생명으로 바라보게 되었다거나, 고기가 아닌 도살 전 동물의 삶을 먼저 떠올리게 된 건 이중사고에 일어난 작은 파장일 것이다. 이런 시도로 단숨에 도살장 벽을 박살 낼 수 있는 건 아니겠지만, 그 벽을 차츰 유리로 바꾸고, 결국 언젠가는 유리벽까지 깨부수게 만드는 날도 오지 않을까.

나에게 비육식이란

'관계의 회복'보다는

'관계의 시작'에 가까웠다.

고양이에 미친 여자들,
'캣맘'을 위한 변론

~~~~~~~~~

10

'캣맘'

길고양이들의 건강하고 안전한 삶을 꿈꾸며 길고양이로 인한 불편을 해결하기 위해 노력하는 자원활동가를 일컫는 말이다. cat과 mom을 결합해 만든 이 용어는 단어 자체로 성별을 규정짓고, 그들의 활동을 아이를 돌보는 행위에 빗댐으로써 감정적이고 개인적인 영역으로 인식하게 한다. 우리 사회에서 돌봄 노동의 가치가 얼마나 폄하되고 있는지 생각해보면 사람도 아닌 고양이를 돌보는 행위가 사회적으로 어떻게 치부될지 족히 짐작 가능하다. 모성은 가부장제 사회가여성에게 기꺼이 허락한 몇 안 되는 역할 중 하나지만, 동물과 여성이라는 약자와 약자 간 연대 관계의 기제로 여겨지자한순간에 조롱의 대상으로 전락했다. 길고양이와 캣맘에 대한 혐오는 여성 혐오와 결을 같이한다. 맘충은 있어도 파파충은 없는 것처럼, 인터넷 포털 사이트에 캣맘충이라는 단어가 자동 검색어로 뜨는 현실에서도 캣대디충이라는 단어는 통용되지 않는다. 사회는 열심히 그들의 역할을 축소했다. 동물권을 위해 누구보다 헌신적으로 활동해 온 캣맘에 대한 사회적 평가는 시민운동가도, 자원활동가도 아닌 고양이 엄마에 불과하다.

“ 고양이에 미친 여자들? ”

오로지 인간의 편의를 중심으로 쌓아 올린 도시는 인간만을 위한 공간이 되었다. 스스로의 힘으로는 제대로 된 먹이 하나 찾기 어려운 환경에서 쓰레기를 뒤적이며 생을 연명하는 동물들에게 '생명의 존엄' 같은 허울 좋은 말은 공허할 뿐

나는 공식적인 자리나 글에서는 가능한 캣맘이라는 단어 대신 자원활동가와 같은 단어로 대체한다. 동물보호단체나 개인 활동가들 역시 캣맘이 수행하는 일을 충분히 표현할 수 있는 용어를 확산시키려고 노력한다. 그러나 이 글에서는 예외적으로 캣맘이라는 단어를 그대로 사용하려고 하는데, 캣맘이라는 단어가 가진 부정적 이미지나 한계에도 불구하고 그 안에 고유한 정서와 심상을 내포하고 있다고 느꼈기 때문이다.

이다. 도심 속 동물들은 있어도 없는 존재이거나, 불편을 끼치는 민폐 덩어리로 전락했다. 길고양이는 후자에 속했다. 쓰레기를 헤집어 거리를 더럽히고 듣기 싫은 울음소리로 잠을 설치게 만드는 골칫거리.

도시에서 길고양이는 지워 버려야 할 존재였다. 불편 민원이 접수되면 지자체에서 길고양이를 포획해 살처분하던 게 불과 10년도 안 된 이야기다. 얼마나 많은 고양이들이 그렇게 죽어 갔을까. 조금씩 문제를 느끼는 사람들이 생기기 시작했다. 단지 불편하다는 이유로 멀쩡히 잘 살던 동물을 잡아가 죽이는 정책에 항의와 개선 요구가 이어졌다. 이해할 수 없는 혐오가 만연한 세상에서도 누군가는 길고양이를 아픈 손가락으로 여겨 주었다. 그들 눈에 비친 길고양이는 먹을 게 없어 비닐과 모래까지 주워 먹으면서도 살아남기 위해 애쓰는 안쓰럽고 소중한 생명이었다. 조금씩 피어나는 관심은 사회적 논의로 발전했다. 대대적인 길고양이 소탕 작전이 벌어진 지역에서 쥐의 개체수가 폭발적으로 늘면서 도심 속 고양이 역할이 재조명되기도 했다. 무조건 죽이는 게 해답은 아니라는 공감대가 형성되면서 2012년 동물보호법이 개정

되었다.[●] 민원 한 건에 목숨이 왔다 갔다 하던 길고양이의 처지는 이를 기점으로 아주 조금씩 나아져 갔다.

2012년 개정된 동물보호법에 의해 현재 길고양이는 구조·보호 조치 대상에서 제외된다. 법에 규정된 '구조·보호 조치 제외'라는 표현 때문에 길고양이가 구조나 보호의 대상이 아니라는 오해가 생기기도 하는데, 이는 유기동물 보호소 입소나 불편 해소 등을 목적으로 하는 포획을 금한다는 의미다. 원칙적으로 지자체 유기동물 보호소는 원소유주나 새로운 입양자를 찾아 주는 것을 목적으로 운영하지만, 수용 한계로 인해 법적 보호기간이 끝날 때까지 입양을 가지 못한 동물은 안락사하고 있다. 이러한 현실에서 원래 소유주 없이 자생했고 새로운 입양처도 찾기 어려운 길고양이가 보호소에 입소하는 경우 거의 모든 개체가 안락사당했고, 이를 방지하고자 길고양이를 보호소 입소 대상에서 제외하는 규정을 마련한 것이다. 현재 길고양이는 먹이 급여와 중성화 후 제자리 방사(TNR: Trap-Neuter-Return)를 통해 개체수를 조절하고 있다. 또 길고양이가 길에서 자생할 수 있도록 지원하는 정책도 시행 중이다. 다만 학대를 당하거나 질병, 사고 등으로 치료가 필요한 경우, 어미를 잃어 자생이 불가능한 새끼 고양이 등 인간의 보호와 개입이 필요한 때에는 길고양이라 할지라도 당연히 인도적인 조치가 뒤따라야 한다.

죽이는 정책이 아니라 살리는 정책으로 전환하기 위한 지자체 차원의 노력도 시작했다. 공무원과 수의사, 동물단체 활동가와 길고양이를 직접 돌보는 캣맘까지 여러 주체가 모여 의견을 나누는 간담회도 열렸다. 부족하나마 변화가 이루어지고 있는 건 무척이나 반길 일이었다. 특히 정책을 개발하고 시행하는 지자체가 개선의 움직임에 동참하고 있다는 사실은 실로 고무적이었다. 그러나 기쁨도 잠시, 변화는 그리 녹록하게 이루어지지 않았다. 간담회는 명칭만 회의일 뿐, 실상을 들여다보면 넋두리의 장에 불과했다. 자리에 참석한 캣맘들은 자신이 겪은 고충을 쏟아 낼 때가 많았다. 회의 안건과는 거리가 먼 이야기가 자주 언급되는 탓에 정상적인 논의가 이루어지지 않을 때가 많았고, 이런 일이 반복되면서 캣맘은 소통하기 어려운, 함께 일하고 싶지 않은 대상으로 여겨졌다. 동물을 위해 활동하는 동물보호단체에서조차 캣맘이라면 내심 피곤해하거나 피하고 싶어 했다. 생각이 비슷한 사람들끼리도 이럴진대 일반적인 인식은 더 말할 것도 없었다. 더불어 길고양이에 대한 부정적 감정까지 고스란히 캣맘에게 투영됐다. '할 일 없이 한가하게 고양이 밥이나 주는 아줌마들', '귀여운 동물만 편애하는 감정적이고 비논리적인 여자들'. 입에 올리기도 꺼려질 혐오 발언까지도 캣맘에게는 당연한 듯 뒤따랐다. 어느 순간부터 캣맘은 고양이 엄마를 넘어서 고양이에 미친 여자 취급을 받고 있었다.

" 기필코 지켜야 할 소중한 존재가 생긴다는 것은 "

그 정도까지는 아니더라도 사실 나 역시 캣맘을 썩 달가워하지 않았다. 회의 때 만나 본 캣맘들은 적대적이거나 화가 가득하고 울분에 찬 사람들이었다. 캣맘들의 푸념과 하소연만으로 몇 시간을 꼬박 채운 회의에 참석한 날이면 진이 다 빠지고 짜증도 났다. 그렇게 힘들면 그만두면 될 것 아닌가. 누가 시킨 것도 아닌데 본인이 원해서 하는 일에 대체 왜들 그러는지 도무지 이해할 수 없었다. 그랬던 내가 캣맘들을 다르게 바라보기 시작한 건 어느 날 갑자기 내 안의 미친 여자가 튀어나오고 나서부터였다.

8년 전쯤, 사무실 이사를 한 뒤 나는 근처 길고양이들에게 밥을 주기 시작했다. 그 전 사무실에서는 언제든 길고양이들이 편히 와서 먹을 수 있도록 마당에 급식소를 마련해 놓았었지만, 이전한 곳은 그럴 수 없는 환경이었다. 출퇴근길을 오가다 길고양이를 발견하고 안쓰러운 마음에 가끔 먹을 걸 챙겨 주다 보니 언젠가부터 내가 주는 밥을 기다리는 녀석들이 생겼다. 의지와 상관없이 캣맘이 되어 버린 나는 가능한 한 사람들과 마찰이 생기지 않도록 열심히 청소도 하고 길고양이 중성화 수술도 시켰다. 그러나 욕을 먹지 않으려고 아무리 노력을 해도 무조건 싫다는 사람은 꼭 있었다. 가벼운 타박이든 윽박 수준의 불호령이든 싫은 소리를 몇 번 듣다 보니 밥을 줄 때마다 나는 잔뜩 긴장하곤 했다. 그러던 어느 날이었다. 명절 연휴, 그것도 늦은 밤이라 길에는 지나다니는 사람도 거의 없었다. 사람이 별로 없기에 다소 안심하며 고양이들에게 부지런히 사료를 부어 주고 있는데 갑자기 어디선가 나타난 남성이 내 뒤통수에 대고 소리를 질렀다.

"누가 여기서 고양이 새끼 밥 주래!"

생각지도 못한 갑작스러운 날벼락에 밥을 기다리던 고양이들까지 펄쩍 뛰어오를 만큼 혼비백산했다. 내 귀에 심장 소리가 들릴 정도로 쿵쾅대는 가슴을 애써 진정시키며 연신

죄송하다는 말만 반복했다. 그 사람의 사유지도 아니고 길고 양이에게 밥을 주는 게 범법 행위도 아니었지만, 열심히 사과를 하며 남성의 화를 누그러뜨리려고 노력했다. 화가 난 남성이 혹시 고양이에게 해코지라도 하면 큰일이라고 생각했기 때문이었다. 그러나 아무리 사정을 해도 남성은 계속 노발대발하며 윽박을 질러 댔다. 그때 한껏 열에 받쳐 내지른 남성의 한마디가 내 안에 꼭꼭 숨어 있던 변신 버튼을 누르고 말았다.

"여기서 고양이 새끼들 밥 주면 내가 싹 다 죽여 버릴 테니까 그렇게 알아! 고양이 죽는 거 보고 싶으면 마음대로 해!"

그 순간 머릿속에서 뭔가 툭 끊어지는 소리가 들렸다. 이성의 끈이 끊어지는 소리였다. '어떻게 해야 하지?'라는 질문이 떠오르기도 전에 이미 고래고래 고함을 지르고 있는 나를 발견했다.

"지금 뭐라고 하셨어요? 고양이들 다 죽인다고 했어요? 내가 아저씨 방 안에서 밥을 주는 것도 아니고 내 돈으로 사료 사서 내가 주겠다는데 아저씨가 무슨 권리로 고양이한테 밥을 주라 마라 난린데요? 여기가 아저씨 땅이에요? 이 동네 전부 아저씨가 세냈어요? 지금 이 순간부터 여기 있는 고양이들 하나라도 안 보이기만 해봐. 나 얘네 하루 종일 어디서 놀고 먹고 자는지 다 아는데 이 시간 이후로 얘들 사라지거나 고양이 털끝 하나라도 건드리면 무조건 동물 학대범으로 감옥에 집어 처넣을 줄 알아!"

뭐라고 했는지 정확히는 기억나지 않지만 대충 이렇게 소리를 질렀던 것 같다. 스스로의 모습을 직접 보지는 못했으나 아마 '머리 풀어 헤치고 덤비는 미친 여자' 딱 그 꼴 아니었을까 싶다. 한동안 함께 목청을 높이던 남성은 그래도 내 기세가 꺾이지 않자 '진짜 죽인다는 게 아니라 밥 주지 말라고 한 소리 아니야!' 하면서 자리를 떴다. 남성이 떠난 뒤에도 혹시나 그가 다시 돌아와 해코지를 할까 봐 주위를 한참 맴돌며 몰래 자리를 지켰다. 한바탕 화를 쏟아 내고 어두운 밤거리를 걸어 집으로 돌아오는 길, 그제야 눈물이 쏟아졌다. 내가 겪은 한 차례의 싸움은 별일 아니었다. 시간이 지나면 기억은 흐려질 테고 마음에 남은 자국도 옅어질 것이다.

그러나 내가 떠난 뒤에도 고양이들은 여전히 거기 있었다. 밥을 주는 잠깐의 시간을 제외하고는 내가 모르는 곳에서 몇 번이나 위험천만한 순간을 맞이할지도 모를 녀석들을 생각 하니 자꾸만 두렵고 눈물이 났다. 그때 깨달았다. 나는 그들 의 유일한 울타리였다. 비록 불안정하고 시원찮은 울타리일 지라도 어떻게든 제 몫을 해내야 했다. 그 뒤로 길고양이에 게 밥을 줄 때면 내 안의 쌈닭을 불러와 한쪽에 대기시켜 놨 다. 몸속 어딘가에 나도 모르던 미친 여자 출동 버튼이 숨겨 져 있었다는 사실을 알게 되면서부터 언제든 미칠 준비를 하 고 나섰다. 그런다고 쫄보가 하루아침에 배짱 두둑한 대장부 가 되는 건 아니라서 여전히 속으로는 달달 떨며 미어캣처럼 주위를 두리번거렸지만, 내가 언제든 미쳐 날뛸 수 있다는 믿음은 생각보다 큰 힘을 줬다.

지켜야 할 존재가 있다는 절박함이 새로운 나를 끄집어내 는 경험을 하고 나서 비로소 캣맘을 조금씩 이해하기 시작했 다. 왜 그토록 방어적이고 설움에 차 있는지, 그런데도 어째 서 길고양이를 외면하지 못하는지, 마음으로 알게 되었다. 캣맘에게는 간절히 지키고 싶은 존재가 있다. 이를 위해 온갖 혐오와 차별의 최전선에 서서 싸운다. 모든 게 물질적 가치로 환산되는 사회에서 생명을 먼저 생각하고, 멸시당하는 존재에게 기꺼이 손을 내밀어 준 사람들. 캣맘은 고양이 엄마가 아니다. 그들은 행동하고 투쟁하는 사람들이다. 내가 밥 주는 길고양이 수가 예전에 비해 한참 줄어든 지금도 여전히 내 정체성이 '캣맘'에 뿌리내리고 있는 이유이기도 하다. 오늘도 비난과 폭력에 맞서 분투하는 캣맘들에게 전하고 싶다. 우리 좀 더 미쳐도 된다고. 근거 없는 혐오에 맞서 공존을 꿈꾸는 일이 미친 짓이라면 우리는 보란 듯이 더 미친 여자가 되어 주자고.

캣맘에게는 간절히 지키고 싶은 존재가 있다.

이를 위해 온갖 혐오와 차별의 최전선에 서서 싸운다.

모든 게 물질적 가치로 환산되는 사회에서

생명을 먼저 생각하고,

멸시당하는 존재에게 기꺼이 손을 내밀어 준 사람들.

캣맘은 고양이 엄마가 아니다.

그들은 행동하고 투쟁하는 사람들이다.

끝없는 논란에도 불구하고
개 식용 종식만이 답인 이유

사실 이 주제를 꺼내기까지 많이 망설였다. 솔직히 말하면 쓰겠다고 결심을 하고 노트북 자판을 두드리고 있는 지금까지도 그냥 접을까 고민 중이다.

'누가 시킨 것도 아닌데 먼저 나서서 욕할 거리를 던져 줄 필요는 없지 않나?'
'그래도 동물권운동가로서 육식에 대해 이야기하면서 이 주제를 빼놓을 수는 없지!'

서로 다른 의견 둘이서 치고받고 한참을 투닥거린 끝에 이번에는 웬일인지 조금 더 용기 있는 쪽이 우세했다. 우려되는 건 여전하지만, 일단은 이야기해 보고자 한다.

국내 동물권운동가들에게는 늘 꼬리표처럼 따라다니는 조롱이 있다. 조금 순화해서 표현하면 '반려동물 보호단체', 날 것 그대로 꺼내자면 '개빠'라는 별명이다. 지금부터 내가 시작할 이야기는 이 불명예스러운, 그러나 100% 온전히 부정만 하기에는 어려운 호칭 '개빠'의 발원에 대한 것이다. 더불어 국내 동물보호운동의 시발점이자 우리나라 동물복지와 동물권 증진을 저하시키는 근간에 대한 것이기도 하다. 언급만 해도 논란이 일고 부록으로 비난과 욕까지 뒤따르지만, 그럼에도 불구하고 동물권운동에 몸담고 있는 이상 결코 포기할 수 없는 숙제, 바로 '개 식용' 문제이다.

" 동물권운동가들은 왜 개 식용에 집착하는가 "

시민운동은 구조적 모순과 사회적 요구에 대한 문제의식으로부터 출발한다. 사적 이익을 추구하는 대신 공적 문제에 관심을 기울이는 시민운동은 사회가 질적으로 발전하고 시민의식이 성장할수록 더 다양한 분야로 확대, 발전한다. 1960년대 산업화 이후 불거진 심각한 공해 문제에 대항하기 위해 전개된 반공해운동이 현재 환경운동의 시초인 것처럼 그 시대가 가진 주요 사회 문제는 시민운동의 출발점이 되기도 한다. 동물보호운동의 경우 개 식용 반대가 그 시작이었다. 국내에 동물복지나 동물권에 대한 의식이 전무하다시피 하던 1970년대, 정부는 개고기를 축산물관리법에 포함시켰다. 88올림픽을 앞두고 서구 여론을 의식한 정부는 일시적으로 개고기 판매를 중단하고 보신탕집을 눈에 잘 띄지 않는 곳으로 몰아냈지만, 이는 '눈 가리고 아웅'이나 다름없었다. 1990년대 후반부터 2000년대 초반, 개 식용 합법화의 움직임이 일어나자 합법화에 반대하는 시민들이 모임을 조직해 활동하기 시작했고, 이러한 움직임이 국내 동물보호운동의 발단이 되었다. 그 뒤 20년이 넘는 시간 동안 동물보호운동은 양적, 질적으로 성장을 이루어 냈지만, 개 식용 종식은 여전히 동물권운동가들의 숙원으로 남아 있다.

한 가지 우선으로 밝힐 것은 개 식용 반대가 '개를 제외한 다른 동물의 식용은 괜찮다'를 의미하진 않는다는 점이다. 개 식용 반대에 가장 많이 등장하는 반론은 '개만 생명이냐? 소, 돼지, 닭은 왜 먹냐'는 주장인데, 이는 개 식용 반대가 내포하는 기초 개념조차 이해하지 못하기 때문에 생기는 반응이다. 개를 먹지 말자는 동물보호단체의 주장은 기본적으로 비육식과 채식을 전제한다. 단체가 추구하는 가치에 따라 그 실천의 수준과 범위에 다소 차이가 있을 수는 있지만, 분명한 것은 개 식용 반대가 다른 동물을 식용으로 마음껏 이용하되 개만은 안 된다고 주장하는 게 아니라는 점이다. 나의 경우 비육식을 지향하며, 동물성 식품을 먹을 때는 맛과 영양을 위해 다른 생명을 취한다는 데에 책임과 감사하는 마음을 가지려고 한다. 또한 합법적 산업 구조하에 식용으로 키워지는 동물의 종과 수를 줄이기 위해 노력하며, 동물이 살아가는 동안 고통을 느끼지 않고 최대한 그들의 본능과 습성을 충족할 수 있도록 법제와 인식이 개편되어야 한다고 생각한다. 그런 점에서 개 식용은 인간에게 이용되는 동물의 종과 수를 지금보다 더 늘릴 뿐 아니라 동물의 고통이 수반되는 산업이라는 점에서 이미 반대할 근거가 충분하다.

개 식용 산업에서 개를 사육하고 운송하고 도살하는 과정에는 반드시 학대가 수반된다. 식용을 목적으로 개를 사육하는 개 농장에서 개들은 뜬장이라고 불리는, 바닥에 구멍이 뚫린 케이지에서 키워진다. 용이한 관리를 위해 배설물이 바닥에 쌓이지 않도록 구멍이 뚫린 케이지를 사용하는데 발이 푹푹 빠지는 철망 사이를 딛고 살아가는 동안 발에 염증이 생기고 심한 경우 철망에 끼어 절단되기도 한다. 개 농장의 개들은 소위 '짬'이라 불리는 음식물 쓰레기를 먹고 산다. 평생 염분이 가득한 음식물 쓰레기를 먹으며 살아가지만, 갈증을 해소할 깨끗한 물은 급여되지 않는다. 농장에 따라 물그릇이 존재하는 곳이 있을지라도 대개 텅 비어 있거나 썩은물이 고여 있을 뿐이다.

농장에서 도살까지 같이 이루어지는 경우 도살용으로 낙점된 개가 끌려가는 모습과 소리를 다른 개들이 고스란히 보고 들어야 한다. 도살이 다른 곳에서 이루어지는 농장에서는 도살장까지 개들을 운송해야 하는데, 이동하는 동안 서로를 물어뜯거나 공격하는 일을 방지하기 위해 하나의 철창에 수십 마리 개들을 가득 채워 꼼짝도 못 하게 만든다. 그렇게 운송하는 과정에서 개가 압사하거나 질식사하는 경우도 있다. 그렇게 이동한 개들을 기다리는 건, 고통 경감을 위한 그 어떤 복지도 고려되지 않은 방식의 도살이다. 개를 인도적으로 죽이는 방법은 약물을 이용한 안락사뿐이지만 그렇게 죽인 개는 고기로 쓸 수 없다. 그 이유가 아니더라도 가능한 한 많은 이윤을 남겨야 하는 업자들이 동물의 고통을 줄이기 위해 약품 값까지 지불할 리 만무하다. 식용으로 개를 죽일 때에는 반드시 동물의 고통이 뒤따른다. 많은 수를 한 번에 도살하는 업장에서는 주로 전기봉을 입이나 항문에 집어넣어 감전사시키거나 목을 매달아 죽이고, 개인이 잡아먹는 경우에는 때려 죽이는 일도 종종 발생한다. 이 모든 방법은 동물보호법에 규정한 동물 학대 금지 조항 위반 사항이다.

" 법과 제도의 허점 속에 고통받는 생명 "

일반적으로 가축이라 불리는 농장동물을 사육하는 공장식 축산업의 폐해도 개선해야 할 사항이 많지만, 국내 그 어떤 농장과 도축장도 개 식용 산업만큼 열악하고 끔찍하지는 않다. 인류 역사 이래 물질적으로 가장 풍요로운 시대, 게다가 반려동물을 가족처럼 생각하는 사람이 천만 명이 넘는다는

참고 : 개 농장을 비롯한 개 식용 산업 실태에 대해 객관적이고 사실적으로 기록한 책 - 한승태, 《고기로 태어나서》, 시대의창, 2018.

나라에서 이렇게 말도 안 되는 일이 일어나고 있는 이유 중 하나는 개 식용을 둘러싼 법의 허점 때문이다. 우선 현행 법 체제에서 개라는 동물의 복합적 지위를 살펴보자. 동물의 생명과 안전을 보호하기 위한 법률, 동물보호법에서 개는 보호의 대상으로서 학대를 금하고 있다. 한편 축산업 발전을 위해 축산에 관한 사항을 규정하는 축산법에서 지정한 가축의 범위에는 개가 포함되고, 축산물의 위생 및 품질 관리와 가축의 사육, 도살 등을 규정하는 축산물위생관리법에서 지정한 가축에는 개가 포함되지 않는다. 게다가 식품 위생 관리와 국민 보건 증진을 위한 법률인 식품위생법에서 규정한 동물성 식품 원료 역시 개와 개고기는 포함하지 않는다. 다시 말하면 개를 식용으로 도살 및 유통하는 행위는 법에 규정한 사항이 없기 때문에 동물복지에 대한 윤리적 기준이 부재하는 것은 물론이고, 생산 과정에서 어떠한 관리도 이루어지지 않는다는 뜻이다. 또한 개고기는 축산물이나 식품으로서도 위생 및 품질 관리 대상이 아니다. 즉 현재 개고기를 판매하는 모든 업체와 식당은 허가받지 않은 식재료를 판매하고 있다는 점에서 원칙적으로 식품위생법을 위반하고 있으며, 소비자는 위생과 품질 관리가 전혀 이루어지지 않는 위험한 식품을 먹고 있는 것이다.

　개 식용 산업이 동물 학대를 자행할 뿐 아니라 식품 안전
과 국민의 건강권까지 심각하게 위협하고 있음에도 이를 섣
불리 금지하지 못하는 건 단순히 오랜 식습관이거나 우리 고
유의 전통이라서가 아니다. 개 식용은 복잡한 산업 구조 아
래 여러 이해관계로 얽혀 있다. 먼저 육견협회를 비롯한 관
련 업종 종사자들의 입장을 살펴보자. 그들은 개를 축산물위
생관리법이 규정한 가축에 포함해 달라며 합법화를 주장하
지만, 합법화는 개 식용 산업의 근본적인 문제를 결코 해결
할 수 없다. 개는 현재 농장동물로 이용되는 다른 동물들과
는 특성이 완전히 다르다. 개는 사람을 다치게 할 수 있는 동
물이기 때문이다. 모든 개가 공격성을 발현하는 것은 아니지
만 극한의 상황에서 방어를 위한 공격일지라도 사람은 심각
한 상해를 입을 수 있고, 이 때문에 많은 농장에서 개를 제압
하기 위한 학대가 빈번히 발생한다. 개가 가진 고유의 특성
은 산업을 합법화한다고 해서 해결할 수 있는 문제가 아니
며, 오히려 합법화라는 핑계 아래 인간의 피해 방지를 가장
한 동물 학대 발생 가능성만 높아질 것이다. 현재 많은 수의

개 농장들은 법의 사각지대를 이용해 학대와 온갖 불법 행위를 자행하고, 이는 수익 창출의 비결이 되기도 하다. 분뇨 처리 시설을 비롯한 가축 사육을 위한 시설 설치와 동물 관리 의무 등을 법으로 규정한다고 해도, 먹이로 급여하는 음식물 쓰레기 값조차 아까워하는 농장주들이 이를 제대로 지키며 운영할 리 없다. 그 결과 산업은 더 음지화되거나 대형화될 가능성이 농후한데, 전자는 합법화의 의미가 없고, 후자는 공장식 축산업 확대와 동물복지 수준의 후퇴로 이어질 뿐이다.

또한 개 식용 산업 종식을 가로막는 큰 이유 중 하나는 음식물 쓰레기 처리다. 개 농장에서 사육되는 개들은 살아 있는 음식물 쓰레기 처리기나 다름없다. 전국 최소 3,000개 이상으로 추정되는 개 농장에서 음식물 쓰레기를 먹이로 급여한다. 보다 싼 값에 잔반을 처리하고 싶은 음식점, 음식물 쓰레기 문제 해결을 위해 진지한 노력을 기울이려 하지 않는 지자체의 이해관계가 맞아떨어진 결과 수천 개의 개 농장이 방치되고 있다. 실제로 지자체 공무원에게 '개 농장이 없으면 음식물 쓰레기는 어떻게 처리하라는 것이냐'라는 말을 들은 적도 있다. 처리가 불가능할 정도로 폐기물 문제가 심각하다면 음식 소비와 낭비를 줄이는 방법부터 찾아야 하는 것 아닌가. 음식물 쓰레기 문제 해결을 위해 식용으로 키우는 동물을 또 늘리려 하는 단기적이고 일차원적인 발상에 기가 찰 노릇이다.

한번 산업의 굴레로 편입된 동물은 웬만해서는 벗어나는 게 불가능하다. 자본주의 사회는 경제적 이익 창출 수단을 절대 포기하지 않는다. 동물 착취를 기반으로 하는 산업을 막기 위해 활동하는 동물보호단체가 개 식용을 반대하는 이유는 이 때문이다. 혹자들의 조롱처럼 단순히 '개가 우리의 친구'라서가 아니다. 물론 내 기준에서 동물을 착취하여 이익을 추구하는 사람들보다는 개가 더 친구에 가깝긴 하지만 말이다.

" 개를 먹는다는 것은 "

일부의 주장과 다르게 개를 먹는 문화는 우리 고유의 전통이 아니다. 중국 문화권의 영향을 받은 아시아 국가 중에는 개를 먹는 나라들이 여럿 있다. 그러나 그중 필리핀, 태국, 홍콩, 싱가포르, 인도네시아 등은 개고기 식용을 금지했고, 대만은 2017년 개, 고양이에 대해 식용 목적 도살 금지는 물론 판매와 보관까지 금지하는 법안을 통과시켰다. 최근까지 개 식용을 방치하던 베트남 역시 일부 지역을 시작으로 개, 고양이 식용 금지를 권고하는 등 규제에 나섰고, 중국의 경우 코로나19를 계기로 개를 목축법상 가축·가금 목록에서 제외하는 개 식용 금지 계획을 발표했다. 그 결과 사실상 우리나라만 개를 먹는 국가로 남은 셈이다. 그나마 다행인 점은 우리나라 역시 개 식용 금지를 위한 법안이 지속적으로 발의되고 있다는 사실이다. 비록 통과는 무산되었지만 2017년 표창원 의원이 개고기 금지법을 발의한 바 있고, 최근에는 한정애 의원이 2021년 1월에 개·고양이 도살 및 식용 판매 금지를 위한 동물보호법 개정안을 발의해 많은 국민들이 법안 통과를 기다리고 있다.

단지 오래 지속되어 왔다는 이유만으로 문화와 전통이라는 이름을 붙일 수는 없다. 아무리 오래된 관습이라도 비윤리적이고 생명에게 고통을 주는 일이라면 근절되어야 하고,

보존, 계승해야 할 풍습이라면 누구에게든 마땅히 그 가치를 인정받을 만한 것이어야 한다. 이런 말을 하면 누군가는 또 '개빠'의 논리라고 코웃음을 치겠지만, 개를 먹을 수 있는 동물로 인식하는 것은 보통의 육식과는 다른 문제를 가진다. 인간과 가장 가까운 동물, 일반적으로 많은 이들에게 정서적 교감의 대상으로 여겨지는 동물을 식용으로 섭취하는 것은 사회적 감수성과 윤리 의식에까지 영향을 미친다. 길을 잃은 게 분명한 반려견의 집을 찾아 주는 대신 건강원에 데려가 개소주로 만든 일, 여름이 오면 자신이 키우던 개를 직접 목매달거나 때려 죽여서 음식으로 만들어 먹는 사람, 주인이 없어 보이는 유기견을 잡아먹기 위해 망치로 머리를 깨부순 사건. 모두 실제 있었던 일이고 지금도 일어나고 있는 일이지만, 단순히 개인의 인성이나 도덕성에만 화살을 돌릴 수는 없다. 문화나 식습관이라는 이유로 개를 먹는 게 용인되는 사회에서는 그저 우리의 평범한 이웃처럼 보이는 사람들도 얼마든지 이런 짓을 저지를 수 있다.

고통받는 생명의 종과 수를 줄이자는 주장이 그토록 허황되고 조롱받을 일인가. 같은 생활권 안에서 함께 살아가며 매일 마주치는 동물조차도 인간의 음식으로 여기는 사회라면 우리 눈에 잘 보이지 않는 다른 동물의 권리나 복지 또한 존중될 리 없다. 소, 돼지, 닭은 먹으면서 개만 먹지 말라는 게 못마땅하다면 개 식용에 찬성할 게 아니라 개를 포함한 모든 종류의 육식에 문제를 제기하는 것이 합당하다. 이제는 끝내야 한다. '식용견과 반려견은 다르다'는 이치에 어긋난 차별도, 전통이라는 이름으로 행해지는 악습에 대한 비겁한 포장도 그만두자. 깨끗한 새 옷으로 갈아입기 위해 제일 처음 할 일은 지금 입고 있는 때 묻고 냄새나는 옷을 벗어 던지는 것이다.

2021년 9월 문재인 대통령은 "개 식용 금지를 신중히 검토할 때가 되지 않았나"라며, 현직 대통령 중 처음으로 개 식용 종식에 대해 언급했다. 그 결과 현재 동물보호단체와 육견협회를 포함한 관계기관 및 정부기관, 전문가 등으로 구성된 사회적 논의기구가 운영되고 있다. 이제 첫발을 내디뎠을 뿐 개 식용 종식까지는 꽤 많은 시간과 노력이 필요하겠지만, 다음 정부 역시 같은 뜻을 이어받아 반드시 개 식용 종식까지 이루어 내기를 바란다.

죽기 위해 10년을
살아야 하는 동물, 사육곰

~~~~~~~

그리 특별한 일도 아닌데 한참이 지난 후에도 유독 또렷하게 남는 순간이 있다. 그런 순간은 예상치 못하게 찾아와 마치 시간이 멈춘 듯 하나의 장면으로 생생하게 박제된다. 그날 역시 그랬다. 늘 머무는 책상에 앉아 언제나 찾아보던 인터넷 뉴스 기사를 읽던, 평범한 어느 하루였을 뿐인데 이상하게도 그 기사를 읽던 순간이 지금까지 선명하다. 당시 읽었던 기사 내용은 그날 저녁 방에 틀어박혀 울분을 쏟아 내는 심정으로 써 내려간 일기의 한 부분으로 기록되어 있다.

2011. 9. 2.

자식이 산 채로 몸에 구멍이 뚫려 쓸개즙이 뽑히고 있다. 눈앞에서 극심한 고통에 몸부림치며 울부짖는 새끼를 위해 어미가 할 수 있는 일은 아무것도 없다. 어차피 그 어미 또한 그런 운명으로 살아가는 존재이기도 하다. 하지만 내가 아픈 것보다 내 자식의 고통을 더욱 견

디기 힘든 게 부모라고 했던가. 결국 어미는 우리를 부수고 고통스러워하는 자식의 곁으로 달려갔다. 있는 힘을 다해 달려갔음에도 어미는 그곳에서 새끼를 구해 낼 수 없는 처지였다. 무너질 것 같은 절망과 마주친 어미는 결국 자기 손으로 새끼를 죽여 지옥이나 다름없는 삶에서 탈출시키고 자신도 벽에 머리를 찧어 자살한다. 동물을 의인화하는 어리석은 동물애호가들이 지어낸 소설 같은가? 차라리 그랬다면 이렇게 마음 아프지는 않겠다. 비록 중국에서 벌어진 일이기는 해도, 이건 현실이고 우리나라에서도 끝나지 않은 비극이다. 도대체 얼마나 더 잔인해져야 인간은 지금의 이 미친 질주를 멈추게 될까.

10년 넘게 지난 지금 되새겨 봐도 쓰리고 먹먹했던 그날의 설움이 다시금 떠오른다. 사람으로 태어난 이상 죽는 날까지 정확히 느껴 보지 못할 심정. 그저 상상만으로 짐작할 수밖에 없는 그들의 고통에 미안하고 죄스럽다. 보통의 사람들이 평소 곰에 대해 생각할 일이 얼마나 있을까. 나 역시 마찬가지였다. 우연히 그 기사를 읽기 전까지만 해도 나는 웅담이라는 단어에 아무런 감응도 느끼지 못하던 사람이었다. 지인이 흥겹게 풀어내던 동남아 출장기를 들으며 함께 웃어넘기기도 했다. 몸에 좋은 거라는 현지 거래처 직원의 말에 망설임 없이 털어 넣은 술잔에 알고 보니 곰 쓸개즙이 들어 있더라는 지인의 이야기는 그저 이색적인 에피소드로 들렸을 뿐이다. 몸에 좋은 그것을 내주기 위해 배에 구멍이 뚫린 채 하루에도 몇 번씩 끔찍한 고통을 감내했을 곰은 장막 너머 보이지 않는 존재였다.

" 처음부터 끝까지 인간에 의해 만들어진 고통 "

세상을 뒤덮은 거대한 고통과 슬픔을 모두 알 수도, 반드시 알아야 할 필요도 없지만 살다 보면 자연스럽게 눈이 떠지는 타자의 아픔도 있다. 반려동물 산업의 비윤리성와 잔혹성이 그렇고, 농장동물이 고기가 되기까지의 비참한 과정도 그랬다. 한편 내 삶과 요원해 보이는 고통은 아주 오랜 시간이 지나고 나서야 발견하기도 하고, 어쩌면 영원히 모른 채 살아가는 것도 있다. 그날 우연히 읽은 한 토막의 기사가 아니었다면, 난 지금도 곰 쓸개즙을 탄 술잔 따위의 에피소드를 웃으며 듣고 한 귀로 흘려보내며 지냈을지 모른다. 늘 그렇듯 고초를 겪는 동물의 비참한 처지를 되짚어 올라가다 보면 맨 꼭대기에는 여지없이 인간이 등장한다. 사육곰 또한 다르지 않다. 아니, 다르지 않은 정도가 아니라 사육곰이 겪는 고통은 처음부터 끝까지 전적으로 인간 탓이다. 사육곰의 곡절 깊은 역사를 들여다보면 인류애가 절로 박살 나는 기분이다. 억지로라도 인간 세계의 미담 서너 개 정도 읽어 줘야 산산이 부서진 인류애의 부스러기라도 그러모아 몸을 일으켜 볼 기운이 생긴다.

비정상적인 속도로 몸을 키워 급하게 도살당하는 농장 동물의 삶이 지독히도 짧아서 슬프다면, 사육곰의 죽지 못하는 삶은 길어서 더 참담하다. 국내 사육곰 역사의 시작은 1981년으로 거슬러 올라간다. 정부는 농가 소득 증대를 이유로 사육곰을 수입했고, 이를 재수출하고자 농가에 곰 사육을 권장했다. 그러나 멸종위기종인 곰에 대한 보호 여론이 높아지자 수입한 지 4년 만인 1985년 곰 수입을 중단했다. 그 뒤 1993년 '멸종위기에 처한 야생동식물 국제거래에 관한 협약(CITES)'에 우리나라가 가입하면서 국내에서 사육하는 곰들은 수입도 수출도 불가한, 말 그대로 오도가도 못 하는 처지가 되어 버렸다. 반려곰을 입양한 것도 아니고, 상업적 목적으로 곰 사육을 결정했던 농가들이 불만을 표출한 건 당연한 일이었다. 이에 대한 해결책으로 1999년 정부는 웅담 채취를 합법화했다. 노화된 곰들의 처리를 위해 24년 이상 된 곰의 도살을 허용했고, 그 뒤에도 농가의 반발이 계속되자 다시 도살 연령을 10년으로 낮추었다. 그에 따라 우리나라는 지금까지도 웅담 채취를 위해 10년 이상 된 곰을 도살하는 일이 합법이다.[•] 웅담으로 소득을 얻기 위해 10년이라는 시간 동안 어쩔 수 없이 곰을 먹이고 키워야 할 상황에 놓인 농가에서 곰의 복지까지 고려할 리는 만무했다. 좁은 철창에 갇힌 곰들은 죽임이 허락된 열 살까지 음식물 쓰레기나 식육부산물로 목숨을 부지하며 영겁 같은 시간을 견뎌야 했다. 곰은 앞발로 능숙하게 물건을 다룰 줄도 알고 나무를 타고 올라가 열매 따 먹기를 즐길 줄도 아는 동물이지만, 좁

현재 웅담 채취용으로 곰을 사육하는 것이 합법인 국가는 전 세계에서 중국과 우리나라 두 곳뿐이다.

은 철창 안에서는 아무것도 할 수 없다. 하루 종일 감옥이나 다름없는 철창 안에 멍하니 갇혀 있는 동안 곰들은 점점 미쳐 갔다. 쉴 새 없이 머리를 흔들거나 빙글빙글 제자리를 돌기도 하고, 꼼짝도 하지 않은 채 무기력에 빠져 있는 곰들도 있다. 2019년 동물자유연대와 곰 보금자리 프로젝트가 함께 진행한 사육곰 현장조사 결과에 따르면, 행동 관찰이 가능한 농가의 80%에서 사육곰의 정형행동이 관찰되었다고 한다.

" 존재하지만 존재하지 않는 존재, 사육곰 "

가슴에 하얀 초승달 무늬 털이 있는 반달가슴곰은 우리에게 친숙한 동물이다. 지난 평창동계올림픽에서는 마스코트로 등장하기도 했고, 멸종위기종 복원사업의 대상으로 종종 뉴스에서 그 소식을 접하기도 한다. 이렇게만 보면 사육곰과 다른 종인가 싶지만, 사실 웅담 채취용으로 길러지는 사육곰 역시 반달가슴곰이다. 반달가슴곰의 대표적 특징인 가슴에 난 하얀 털은 아시아흑곰에게 나타나는 특징으로, 아시아흑곰은 서식지에 따라 7개의 아종으로 구분된다. 그중 한반도에 서식해 온 우리나라 토종 반달가슴곰 우수리종은 복원

사업의 대상으로서 귀하게 대접받는 반면 다른 아종은 농장에서 도살 가능한 시기만을 기다리며 죽느니만 못한 삶을 살아간다. 외관상 특징이 같기 때문에 육안으로는 토종 반달가슴곰과 수입해 온 사육곰을 구분하기 어렵고, 유전자 검사를 통해서만 정확히 확인할 수 있다. 똑같은 모습을 한 곰들이 인간의 기준에 따라 너무나도 다른 대우를 받는 현실이 씁쓸하게 느껴진다.

애써 복원하고 개체수를 늘리기 위해 노력하는 토종 반달가슴곰과는 달리 사육곰은 긴 시간 동안 무관심 속에 방치되어 왔다. 분명 인간이 빚어낸 불행임에도 나서서 바로잡으려는 이들은 없었다. 살아 있는 곰의 배에 구멍을 뚫어 고무호스나 주사기로 쓸개즙을 빼는 잔혹한 사건이 드러날 때면 반짝 이슈가 되었다가도 금세 사회 밖으로 밀려나 지워진 존재가 되었다. 한때는 웅담이 건강식품으로 각광을 받을 때도 있었지만, 의식 수준이 높아지고 대체 가능한 영양제도 다수 개발되면서 수요는 꾸준히 줄었다. 2011년 시행한 녹색연합-한길리서치의 '사육곰 관련 국민의식 조사'에 따르면 응답자의 89.5%가 웅담 채취를 목적으로 곰을 사육하는 것을 반대했다. 또한 응답자의 94.4%가 웅담을 구입한 적도, 앞으로 구입할 의사도 없다고 답변했다. 농가의 80%는 적절한 보상만 있으면 곰 사육 폐지 정책에 협조하겠다는 의사를 밝혔다. 지극히 비윤리적일 뿐 아니라 산업으로서의 가치도 떨어진 사육곰에 대한 대책 마련의 필요성이 점점 더 높아졌다. 그 결과 정부는 2012년 사육곰 실태 조사를 시작하고 농가, 시민단체, 전문가 등을 포함한 협의체를 구성했다.

그러나 정부는 사육곰이 사유 재산이라는 이유로 보상을 통한 매입과 곰 보호 시설 마련 같은 적극적인 개입 대신 증식 금지 사업으로 방향을 잡았다. 2014년부터 3년간 전국의 농장에서 총 967마리 곰에게 중성화 수술을 시행했고, 음성적인 웅담 거래를 막기 위해 중성화 대상이 된 모든 개체의 DNA 데이터베이스도 구축했다. 이로써 국내에 더 이상 웅담 채취용 사육곰이 탄생할 일은 없다. 그러나 문제는 여전히 남아 있다. 농장주가 전시 용도로 전환한 일부 개체는 중성화 대상에서 제외시킴으로써 불법 증식이 발생하고 있는 것이다. 이를 적발하더라도 미미한 처벌에 그치는 데다 보호 시설이 없어 불법 증식 개체를 몰수하지도 못하고 있다. 그나마 다행인 점은 2022년 1월 정부가 2026년을 목표로 '사육곰 산업 종식'을 선언했고, 2020년, 2021년 통과된 정부 예산안에 사육곰 보호 시설 설계비가 포함됨으로써 현재 구례과 서천에 시설 건립을 추진 중이라는 사실이다. 건립되기까지는 아직 몇 년의 시간이 필요하겠지만 하루속히 진행되어 국내에 남아 있는 모든 사육곰의 거처를 마련할 수 있는 시작점이 되기를 바라는 마음이다.

사육곰은 인간의 탐욕과 과오를 상기시키는 존재다. 차라리 죽는 게 나을 정도의 참혹한 환경에 곰들을 몰아넣은 이유는 고작 19그램짜리 장기를 얻기 위해서였다. 인간으로서 지녀야 할 최소한의 양심과 도덕마저 버리고 얻어 낸, 그토록 귀한 웅담의 주성분은 우습게도 화학적으로 합성이 가능한 물질(우르소데옥시콜산, UDCA)이었다. 나 역시 직접적이든 간접적이든 동물 착취에 가담하며 비겁한 생을 이어 가고 있긴 하지만, 단지 내 한 몸 건강해지려는 욕심 때문에 의도적으로 다른 생명을 고통에 빠뜨리는 짓은 용인 가능한 범위를 벗어난 영역이다. 이런 생각을 공유하는 사람들이 점점 늘어나 이제 얼마간의 시간이 지나면 국내에 웅담 채취용 사육곰은 사라질 전망이다. 그래서 그들의 탈출이 더욱더 간절해진다. 인간은 너무도 악하고, 눈물겨운 동물은 너무나 많아서 어떤 문제는 영원히 해결할 수 없을 만큼 아득하게 느껴지기도 한다. 그러나 사육곰 문제는 조금만 손을 뻗으면 잡을 수도 있을 것만 같아 더 간곡하고 절실하다.

이 땅에 남은 300여 마리 사육곰들이 모두 죽어 사라지기 전에 그들에게 제 삶을 살아갈 기회가 주어지는 날을 상상해 본다. 생애 처음으로 철창을 벗어난 곰들이 얼떨떨해하면서도 조심스레 흙바닥을 딛는 모습이 눈앞에 그려진다. 잠깐은 어색해하지만 얼마 지나지 않아 마음껏 뛰고 뒹굴며, 풀과 나무의 냄새를 맡을 것이다. 음식물 쓰레기 대신, 달콤한 과일을 사각사각 베어 먹고 바닥에 떨어진 도토리를 주워 입안 가득 우물거리기도 할 것이다. 어쩌면 어느 밤에는 철창에 갇혀 생활하던 시절의 악몽에 소스라치며 잠에서 깰지도 모른다. 그러나 이내 주위를 둘러보고는 안도하며 잠드는 길목에서 이렇게 생각했으면 좋겠다.

'아, 곰으로 사는 건 참 행복한 것이었구나.'

2022년 3월 동물자유연대는 국내 최초로 22마리나 되는 사육곰을 구조하여 미국 생츄어리(The Wild Animal Sanctuary)로 이주시켰다. 평생 뜬장에 지내던 사육곰들이 50시간이 넘는 경로를 이동하여 생전 처음 흙바닥에 발을 내딛고 풍성한 먹이를 마음껏 먹는 장면에 가슴이 뭉클하고 감동이 느껴진다. (동영상 시청 : 동물자유연대 유튜브)

이 땅에 남은 300여 마리 사육곰들이

모두 죽어 사라지기 전에 그들에게

제 삶을 살아갈 기회가 주어지는 날을 상상해 본다.

암컷 동물과 인간 여성 간
억압과 착취의 유사성

2016년 정부에서 가축 생산 활성화를 위한 통계 자료 하나를 발표했다. 지역별 암소의 출산율과 태어난 송아지 수, 임신 능력이 뛰어난 우량 암소의 분포 현황 등을 한눈에 알아보기 쉽게 표기해 놓은 지도였다. 농림축산식품부는 생산력 증대를 통한 축산업의 발전과 축산 농가 지원을 위해 이러한 지도를 만들었다고 밝혔다. 소위 '출산 지도'라고 이름붙은 이 통계 자료가 공개되자 폭발적인 항의가 잇따르며 사회적으로 파장이 일었다.

가축 통계 공개를 위한 서비스가 왜 그토록 사람들의 공분을 샀는지 쉽게 이해하기 어려운가? 그럼 이건 어떨까. 사실 정부가 가축을 대상으로 이 같은 자료를 만들었다는 건 거짓말이다. 대신 그 지도의 진짜 대상은 인간 여성이었다. 지도에 작성한 자료는 암소의 출생률이 아닌 인간 여성의 출산율, 태어난 송아지 수가 아니라 인간 신생아의 수였다. 임신 능력이 있는 연령대의 여성 분포 현황 역시 기재했다.

논란이 커지자 행정자치부는 '국민에게 지역별 출산 통계를 알리고 출산 관련 지원 혜택에 무엇이 있는지 알리기 위해' 지도를 제작했다고 밝혔다. 정부의 해명에도 논란은 쉽게 사그라들지 않았다.

"전 국민에게 정보를 알리기 위해 제작된 지도라면서 남성에 대한 데이터는 없고 왜 여성의 출산 연령만 존재하는가?"

"가임기 여성의 인구 및 지역 분포를 수치화하는 것과 출생률 증가의 상관관계는 도대체 무엇인가?"

"가임기 여성의 현황이 곧 임신 의지나 계획이 있는 여성을 나타내는 수치가 아님에도 순위까지 매겨 가며 공개할 필요가 있는가?"

정부의 얄팍한 답변으로는 그 어떤 질문에 대해서도 속 시원한 설명이 불가능했다.

시간이 지날수록 점점 더 낮아지는 출생률이 사회 문제로
떠오른 지 이미 오래다. 문제의 원인이 또렷하게 보이는데도
정책 기관은 이를 외면하고 별의별 해괴한 대안을 내놓았다.
2019년 낙태죄 위헌 결정이 나긴 했지만, 긴 시간 동안 여성
의 죄책감을 불러일으키는 방식의 낙태 방지 공익 광고는 이
분야 단골 레퍼토리였다. 낙태로 인한 죄책감의 주체에서 남
성이 제외된 것이나 여성의 신체 자기결정권 문제 등은 차치
하더라도, 양육의 준비도 안 된 상황에 왜 덮어 두고 아이만
낳으면 만사 오케이라고 생각하는지 의문이 드는 처사다. 과
거 어느 국책 연구원이 내놓은 대책은 더 황당하다. 해당 연
구원은 '고학력, 고소득 여성들의 결혼 기피 현상을 막기 위
해 고스펙 여성에게 취업의 불이익을 주고, 여성들이 하향
선택 결혼을 하도록 유도해야 한다'고 주장했다. 한마디로
고소득 여성의 결혼율이 낮으니 애초에 질 좋은 고용의 기회
를 차단하거나, 많이 배우고 돈 잘 버는 여성들의 눈을 낮춰
자신보다 못한 남성과의 결혼을 결심하도록 만들자는 이야

기다. 이렇게 문제의 근본 원인은 파악하지 못하고 시대착오적인 대안만 늘어놓던 정책 개발자들이 결국 '출산 지도'라는 '망작(망한 작품)'을 등장시키기에 이른 것이다.

20세에서 44세까지 임신 가능한 연령의 여성 인구수를 명도가 다른 분홍색으로 구분하여 지역 분포를 나타내고 지역별 순위까지 매긴 지도를 보며 여성들은 극심한 모멸감을 느꼈다. 여성을 곧 출산을 위한 도구로 바라볼 뿐 아니라 이를 숨기기 위해 최소한의 위선적인 노력조차 하지 않은 '가임기 여성 지도'는 여성에 대한 사회적 시각을 노골적으로 드러낸 결과물이었다. 가부장제 사회가 여성에게 부여하고 강요한 역할과 의무는 '재생산 능력을 발휘해 사회 유지에 이바지할 것' 딱 거기까지였다. 각 항목에 소나 돼지를 대입해 보아도 전혀 이질감이 없을 만큼 후진적인 발상에 여성들은 '내가 가축이냐'며 분노했다. 공장식 축산 시스템에서 재생산력을 착취당하는 암컷 동물과 사회 유지를 위해 임신과 출산을 강요당하는 인간 여성은 분명 닮아 있었다. 나는 가축 취급을 당한 인간 여성으로서 분개하는 한편, 비슷한 종류의 처지에 놓여 더 극심한 고통을 겪는 여성 동물에게 마음이 쓰이기 시작했다.

" '여성화된 단백질'이 슬픈 이유 "

채식을 실천하는 방법에는 여러 단계가 있다. 육류는 먹지 않더라도 해산물을 먹거나 단백질 섭취를 위해 달걀, 우유 등은 먹는 경우도 많다. 특히 달걀이나 우유는 직접 생명을 해쳐서 얻는 식재료가 아니라는 점에서 마음의 부담이 조금 덜하게 느껴지기도 한다. 그러나 달걀과 우유에는 한 가지 공통점이 있다. 바로 여성 동물의 재생산력을 통해서만 얻을 수 있다는 점이다.

인간과 마찬가지로 동물 역시 출산 후 수유를 해야만 젖을 얻을 수 있다는 지극히 당연한 사실을 깨달았을 때 무척 당혹스러웠던 기억이 난다. 그동안은 마치 레버를 돌리면 물이 쏟아지는 수도꼭지처럼 젖소를 우유 만들어 내는 기계처럼 생각해 왔던 것이다. 우유의 정체를 비로소 인지한 뒤 문득 학창 시절 우유 급식 시간이 생각났다. 흰 우유를 싫어했던 나는 하루에 하나씩 억지로 우유를 받아 들 때마다 대신 마셔 줄 친구를 찾기 바빴다. 이마저도 여의치 않은 날에는 선생님 몰래 우유를 쏟아 버리고 빈 곽을 제출하기도 했다. 내가 헛되이 흘려보냈던 우유를 만들어 내기 위해 평생 임신과 출산, 착유를 강요당했을 어미 소가 떠올랐다. 그 우유의 진짜 주인이었던 송아지는 태어난 지 일주일도 채 지나지 않아 어미젖을 빼앗겼을 것이다.

젖소가 우유 생산 기계로 살아간다면 산란계의 삶은 달걀 낳는 기계나 다름없다. 국내 산란계 농장의 90% 이상은 배터리 케이지 방식을 취한다. 배터리 케이지는 한정된 공간에 많은 닭을 밀집 사육하기 위해 고안된 방식으로, 가로세로 약 50cm에 불과한 공간에 6~8마리의 닭을 사육한다. 그 안에서 닭 한 마리에게 주어지는 공간은 A4용지 한 장보다 좁다. 또한 배터리 케이지는 창문이 없는 창고형 사육장에 최대 9단까지 쌓아서 사용하는데, 이러한 사육장에서 닭들은 몸을 움직이기는커녕 평생 햇빛조차 한 번 쬐지 못한다.

채식과 페미니즘 사이의 밀접한 연관성을 기록한 책, 캐럴 제이 애덤스의《육식의 성정치》에서는 도살되어 부위별로 해체된 고깃덩어리를 '동물화된 단백질'이라고, 달걀, 우

유와 같이 여성 동물의 재생산력 착취를 통해 얻는 부산물은 '여성화된 단백질'이라고 표현한다. 공장식 축산 구조 아래 도구로 착취당하는 여성 동물의 현실에 대해 저자는 이렇게 표현한다. "동물의 암컷은 그 여성성 때문에 억압받으며, 생산성이 떨어지면 도살돼 동물화된 단백질이 된다." 축산업은 근본적으로 여성 동물의 재생산력에 기대어 유지되는 구조다. 그 안에서 수컷들은 거세당하거나 세상에 나오자마자 도태된다. 암컷은 생산 능력이 다할 때까지 알과 우유, 새끼를 만들어 내고 빼앗기기를 되풀이한다.

" 출산의 도구 아닌 삶의 주체로서 서로 연대하기 "

앞서 본 출산 지도와 같이 가부장제가 공고히 자리 잡고 있는 인간 사회에서도 여성은 재생산의 도구로 여겨지곤 한다. 이는 내가 비출생을 다짐한 이유 중 하나이기도 하다. 지금의 나에게 명절이란 그저 긴 연휴 정도의 의미밖에 없지만 어릴 적에는 명절마다 엄마, 아빠와 함께 귀성길에 동행하곤 했다. 아빠의 본가는 한마을에 같은 성씨의 친척들이 모여 살던 집성촌이었다. 우리는 큰집이 아니었지만 무슨 사정 때문이었는지 명절 때마다 항상 우리 할머니 댁에서 차례를 지내곤 했다. 여자들이, 정확히 말하면 며느리들이 며칠간 음식을 준비하고 상을 차려 놓으면 남자들은 그제야 우르르 몰려와 여자들이 차려 놓은 상에 절을 하고 술을 올렸다. 모든 의식이 끝나면 당연한 듯 남자들부터 상 주위에 둘러앉아 식사를 했고, 그들의 식사가 모두 끝난 뒤에야 여자들의 식사가 시작됐다. 당시 초등학생이었던 나는 남자들 틈에 끼어 같이 절을 하고 밥도 먹었지만, 엄마가 왜 나랑 아빠와 같이 밥을 먹지 않는지 의아했다. 명절 기간 내내 남자와 여자의 공간이 철저히 나뉘어 있는 것도 이상하다고 생각했다. 한참의 시간이 흐른 후 비로소 그 불평등과 부당함의 정체를 명확히 깨달아 가면서 결혼은 내 인생에서 점점 더 멀어져 갔다.

내가 미혼이 아닌 비혼임을 밝히면 사람들은 종종 걱정과 우려를 가장한 비난을 하곤 했다. 일 때문에 갔던 어떤 모임에서 있었던 일이다. 통성명을 막 끝마치자마자 한 남성이 대뜸 결혼했냐는 질문을 해 왔다. 처음 보자마자 결혼 여부를 묻는 실례야 워낙 많으니 일일이 마음에 담아 둘 일도 아니지만, 그 이후 대사가 가관이었다. '아직 결혼 전이신가 보네요'라는 말에 '아직이 아니라 결혼 의사가 없어요'라고 답을 하자 그는 이렇게 말했다.

"혼자 편하게 살려고 결혼 안 하는 건 너무 이기적인 것 아니에요?"

미소를 머금은 얼굴과 장난스러운 말투로 농담처럼 위장하려 했으나 그런 어색한 태도 탓에 오히려 어설피 숨긴 진심이 한껏 느껴졌다. 스스로의 의지로 비혼과 비출생을 결심한 일이 처음 본 사람한테까지 힐난의 대상이 되는 세상. 그런 곳에 나는 살고 있었다. 기혼자 또는 결혼을 원하는 사람을 가부장제의 동조자라고 손가락질할 수 없는 것처럼 비혼 역시 하나의 선택일 뿐 잘잘못을 따질 대상은 아니다. 그럼에도 비혼을 결심한 사람, 특히 비혼 여성은 이기적이라며 여전히 빈축을 사곤 한다. 그 이면에는 출산 도구로서 의무를 거부하는 여성에 대한 반감과 두려움, 혐오 등이 존재한다.

사회가 규정한 도구적 역할에서 벗어나려 하는 괘씸한 여성은 가부장제의 수면 아래서 줄곧 그 대가를 치러야 할 것이다. 시간이 흘러 마침내 재생산 능력을 상실하는 날이 올 때까지는 내 자궁을 공공재 취급하는 불쾌한 경험을 반복해야 할지도 모른다. 그때마다 시원한 맥주 한 잔으로 부글대는 속을 애써 달래기도 하고, 술로도 부아가 풀리지 않는 날에는 '너네가 무슨 상관이냐!'며 맞서 버럭 할 수도 있다. 그래도 내 선택에 후회가 없으리라 믿는 건 홀로 삶을 꾸려 나가기로 한 결정이 모든 관계로부터의 고립을 뜻하는 것은 아니기 때문이다.

"지배는 단절과 분열의 문화 속에서 가장 잘 기능한다. 페미니즘은 연결을 인식한다."

캐럴 제이 애덤스 저, 류현 역, 《육식의 성정치》, 이매진, 2018.

인간 여성에 대한 억압과 동물에 대한 억압은 밀접하게 연결되어 있다. 이기적이고 미성숙한 나는 결혼을 통해 새로운 가족을 만드는 대신, 다른 대상과의 연대를 이루기로 마음 먹었다. 억압의 대상 간 연대를 통해 우리는 서로를 구할 것이다. 비록 허황되고 아득한 꿈일지라도 나는 꿈꾸기를 멈추지 않는다. 여성이 '남성 아닌 무언가' 대신 '여성' 그 자체로 존재하는 세상, 동물이 '인간을 위한 도구'가 아니라 '개별적 주체'로서 각자의 삶의 주인이 되는 세상을.

공장식 축산 시스템에서

재생산력을 착취당하는 암컷 동물과

사회 유지를 위해 임신과 출산을 강요당하는

인간 여성은 분명 닮아 있었다.

나는 가축 취급을 당한 인간 여성으로서 분개하는 한편,

비슷한 종류의 처지에 놓여 더 극심한 고통을 겪는

여성 동물에게 마음이 쓰이기 시작했다.

당신에게 당연한 삶이
우리에게도 당연해지기를

~~~~~~~

　나는 스스로도 이해하기 어려울 만큼 말도 안 되는 실수를 끝없이 반복하며 살아왔다. '정신을 어디에 두고 다니냐'라는 말을 인간으로 만든다면 분명 내가 태어날 것이다. 쇼핑을 하고 나서 물건이 들어 있는 채로 쇼핑백을 버린다거나 카드 결제기에 카드를 꽂아 두고 온다거나 하는 일은 너무 잦아서 실수담에 포함도 못 할 정도다. 비행기에 휴대폰을 두고 내리기도 하고, 한 번 박살 낸 휴대폰 액정을 수리한 지 이틀 만에 다시 박살 낸 적도 있다. 반드시 신분증이 필요한 회의에 신분증을 두고 가서 참석을 못 한 날에는 한동안 자괴감에 빠지기도 했지만, 그 후에도 별반 달라진 건 없었다. 크고 작은 실수로 점철된 생애를 살아온 결과 웬만한 실수는 웃고 넘기는 '대충의 미덕'을 배웠지만, 때로는 정말 용납하기 어려울 만큼 멍청한 짓을 할 때도 있다. 예를 들자면 바로 지금이다.

며칠 전 나는 노트북을 잃어버렸다. 정말 많은 물건을 잃어버리고 망가뜨렸지만 이 정도로 중요한 물건을 분실한 건 처음이라 아무리 실수 전문가라고 해도 당황하지 않을 수 없었다. 노트북에는 지난 몇 년간 쓴 글과 차곡차곡 모아 놓은 업무 자료와 내 신상에 관련한 서류가 전부 들어 있었다. 기억의 조각을 모아 퍼즐을 맞춰 본 결과 내 노트북은 나와 택시를 탔으나 같이 내리지는 못했고, 그 후 탑승한 승객 중 한 명의 손에 들어간 것으로 추정됐다. 누군가 의도적으로 들고 간 것이 분명해 즉시 경찰서로 달려갔다. 사건은 절도로 접수됐고, 범인은 서너 명의 승객 중 한 명이 확실했기에 금방 찾을 수 있을 것이라고 믿었다. 그러나 애타는 심정으로 사건의 신속한 처리를 부탁하는 내게 경찰은 "모든 사람들이 다 자기 사건부터 빨리 처리해 달라고 해요. 바로 전에 오천만 원짜리 보이스 피싱 사건도 접수됐어요"라고 면박을 줬다. 하고 싶은 말은 많았지만 어쨌든 내 실수로 일어난 일이니 그저 잘 부탁한다는 말만 반복하고 집에 돌아왔다. 경찰의 태도를 통해 짐작하건대 내 노트북은 오천만 원짜리 사건을 비롯해 그 외 더 비싼 사건들에 밀릴 확률이 높아 보였다. 혹독한 자책과 자아비판의 시간을 거친 후 다소 정신을 차린 나는 현실적인 문제를 떠올리기 시작했다.

　노트북에는 비밀번호조차 걸려 있지 않았고 조금만 뒤져 보면 내 집 주소부터 주민등록번호까지 전부 알 수 있었다. 누군가 택시에 두고 간 노트북을 굳이 제 손으로 집어 들고 간 도둑놈에게는 일말의 양심도 기대하기 어려웠고, 그 양심 없는 도둑놈이 노트북 자료를 털어 볼 것이 점점 더 두려워 졌다. 만약 도둑을 잡는다고 해도 내 이름과 주소와 직장까 지 알고 있는 놈을 처벌해도 될까? 경찰에 신고했다고 원한 을 품고 집으로 찾아오면 어쩌지? 혹시나 그 도둑놈이 동물 혐오자라면 내가 써 놓은 동물 친화적인 글을 보고 마음에 안 들어서 해코지하는 건 아닐까. 별의별 생각이 꼬리에 꼬 리를 물었다. 주위에 내 불안감을 털어놓자 반응은 크게 둘 로 나뉘었다. 일부는 공감해 주었고 일부는 과도한 망상처럼 여겼다. 신기한 건 내 걱정에 공감한 모든 이들이 여성은 아 니었지만, 과한 피해의식처럼 치부한 이들의 성별은 모두 남 성이었다는 점이다. 바꿔 말하면 내 이야기를 들은 모든 여 성들이 실체가 없는 나의 공포를 백분 이해했다는 뜻이다. 누군가 언제든 나를 가해할 수도 있다는 불안을 겪어 본 이들과 그렇지 않은 이들의 차이는 이렇듯 예상치 못한 순간에 불쑥 모습을 드러내곤 했다. 그리고 같은 선상에 또 다른 위태로운 존재들이 있었다.

" 타인의 손에 안전이 달린 위태로운 존재들 "

서울 마포구 경의선 숲길에 '자두'라는 고양이가 살고 있었다. 지역 특성상 그곳은 대체로 길고양이에게 관대한 분위기였고, 길고양이에게 밥을 챙겨 주거나 잠자리를 제공해 주는 이들도 많았다. 길고양이 출신이던 자두 역시 어느 카페 사장님의 손에 구조된 뒤 카페 테라스에 상주하며 지냈다. 먹을 것조차 구하기 어려워 굶주림에 시달리기 일쑤인 다른 길고양이들에 비하면 운 좋은 묘생이었다. 그러나 서글프게도 자두의 운 좋은 삶은 그리 오래 지속되지 못했다. 다른 날과 마찬가지로 익숙한 장소에서 여유롭게 시간을 보내던 자두에게 한 남성이 다가왔다. 그 남성은 자두의 몸을 들어 올려 나무에 내려치고 짓밟고 몽둥이로 때려서 죽였다. 생애 대부분 시간 동안 친절한 사람들의 호의 속에서 인간에 대한 좋은 감정을 키워 왔을 자두는 악의를 가진 단 한 사람과의 만남 때문에 끔찍한 죽음을 맞이해야 했다. 100명 중 99명의 좋은 사람이 있다 할지라도 단 한 명의 악의로 인해 언제든 위험에 빠질 수 있는 처지. 내 신변의 안전과 평화가 다른 이의 손에 달려 있다는 불안은 동물과 인간 여성 사이에 형성된 강력한 유대감의 근원이기도 했다.

어느 모임에선가 "늦은 시간 귀가해 현관문을 열 때마다 두렵다"고 이야기하던 여성에게 다른 남성이 "우리나라처럼 치안 좋은 나라가 또 어디 있다고. 그거 너무 오버하는 거 아니야? 아무리 그래도 나쁜 놈보다는 좋은 사람이 훨씬 많지"라고 말하는 걸 들으며 어이없었던 기억이 난다. 학대자의 손에 끔찍하게 목숨을 잃은 자두에게, 그래도 세상에는 동물을 학대하는 사람보다 그렇지 않은 사람이 훨씬 더 많다는 말이 무슨 의미가 있을까. 다른 길고양이나 길에 사는 동물에게, 더 나아가 인간 여성에게는 어떨까? 매일 하는 안부 인사만큼이나 폭행당하고 살해당한 여성의 소식이 자주 들려오는 세상일지라도 일단 지금 나는 살아 있으니 괜찮다고 자기 최면이라도 걸어야 할까? 수십 년의 생을 지나오는 동안 의지와 무관하게 겪어야 했던 불쾌한 시선과 접촉, 다양한 폭력의 경험이 내 안에 켜켜이 쌓여 있음에도, 내가 그리고 우리가 느끼는 불안과 공포는 어째서 실체 없는 과대망상으로 치부되어야 하는가.

15년 이상 동물 학대와 인간 폭력과의 관계를 연구해 온 사회학자 클리프턴 P. 플린의《동물학대의 사회학》은 가부장제하에서 여성과 동물 착취의 연관성에 대해 서술한다. 이 책에서는 동물 학대와 가장 일관성 있는 요인으로 '젠더'를 꼽는데, 여러 연구 결과 호딩(hoarding, 자신의 능력 이상으로 많은 동물을 키우면서 동물을 방치하는 등 보살핌을 소홀히 하는 것)을 제외한 동물 학대 가해자의 압도적 다수가 남성이기 때문이다. 반면 여성이 남성에 비해 동물의 권리와 복지에 보다 호의적인 이유 중 하나는 "종속집단의 성원으로서의 지위"라고 이야기한다. 또한 페미니즘적 관점에서 동물 학대는 "권력이 약한 타자들을 향한 남성의 거대한 지배와 착취의 일부"로서 "여성 억압은 분명 동물 억압과 엮여 있으며, 여성과 동물은 모두 자신의 육체에 '그리고' 서로의 육체에 가해지는 통제에 갇혀 버린 존재"라고 말한다. 즉 동물에 대한 폭력은 여성에 대한 폭력과 밀접한 연관이 있으며, 단순히 개인의 도덕성 문제가 아니라 권력 구조적인 차원에서 약자에 대한 지배와 통제의 문제로 접근해야 한다는 의미다.

　자두의 슬픈 사연 외에도 동물이 학대당하는 일은 셀 수 없이 많다. 동물 이용과 착취를 통해 지탱하는 산업 구조에서 필연적으로 수반되는 합법적 학대를 차치하고라도 오로지 인간의 악한 마음으로만 이루어지는 학대 범죄 역시 심각한 수준이다. 언제 어디서 마주칠지 모를 인간의 악의에 제 목숨을 온전히 내맡긴 채 살아가는 위태로운 생명을 보면 서글픈 동질감을 느끼는 한편 죄책감에 괴롭다. 내가 저지른 악행은 아닐지라도, 가해자와 같은 인간 종이라는 사실만으로도 사죄하고 싶어진다. 어느 날 갑자기 동물들이 분노에 차올라 모든 인간을 처형한다고 해도 기꺼이 그 죗값을 받겠다는 심정이다. 반면 어떤 이들은 자신까지 잠재적 가해자 취급을 받는 상황에 대해 실제 범죄자보다, 자신을 가해자 취급하는 피해자들에게 더 분노하기도 한다. 이는 완전히 잘못된 방향이다. 싸잡아 가해자 취급을 받는 상황에 화가 난다면 그 분노는 상황을 만든 실제 가해자에게 향하는 것이 맞다. 물론 남 탓만 하는 대신 본인이 해 온 방관 역시 다른 종류의 가해라는 사실을 인지하고 반성하는 기적이 일어난다면 더 좋겠지만.

　동물권운동을 하는 활동가이자 한 명의 여성으로서 세상을 향한 바람은 오직 하나, 모든 생명이 각자 합당하게 존중받고 억울한 폭력의 희생양이 되지 않는 것 그뿐이다. 공중화장실 문에 뚫린 구멍을 휴지로 막아야 하는 불안감이나 늦은 밤 택시 안에서 서로의 차 번호를 공유할 필요 따위는 모른 채 살고 싶다. 길에 사는 동물이라도 폭력의 피해를 입거나 학대당해 죽는 일은 없어야 한다. '우리나라처럼 치안 좋은 곳에서 뭘 그렇게 불안해하냐'는 말을 쉽게 내뱉을 수 있는 삶을 나도 한번 살아 보고 싶다. 생명을 가진 존재라면, 설령 그 대상이 동물일지라도 부당한 고통으로부터 자유로운 세상을 꿈꾼다. 그저 언제 어디서든 두려움과 공포를 느낄 필요 없이, 오로지 내 의지에만 귀 기울이고 주체적으로 살아가는 삶. 지극히 당연해서 누군가에게는 욕망의 대상조차 되어 본 적 없는 삶의 방식이 모든 여성과 동물에게도 적용되길 바란다. 이제껏 누군가는 당연하게 누려 온 바로 그 삶 말이다.

100명 중 99명의 좋은 사람이 있다 할지라도

단 한 명의 악의로 인해 언제든 위험에 빠질 수 있는 처지.

내 신변의 안전과 평화가

다른 이의 손에 달려 있다는 불안은

동물과 인간 여성 사이에 형성된

강력한 유대감의 근원이기도 했다.

거짓된 평등을 내세우는
차별주의자들에게

~~~~~~~~

어릴 때부터 엄마는 내게 '친구들과 사이좋게 지내라'는 이야기를 제일 많이 했었다. 딱히 여기저기서 싸움을 하고 다닌 것도 아닌데, 내가 사회성이 좋지 않고 어딘가 조금 별난 구석까지 있다고 생각한 엄마는 나의 비좁은 인간관계를 늘 걱정했다. 어릴 때야 그럴 수 있다 쳐도 나이 마흔을 눈앞에 둔 지금까지도 엄마에게서 친구랑 싸우지 말고 사이좋게 지내라는 말을 듣는다고 하면 주위에서는 웃음을 터뜨린다. 직장생활을 하고 나서부터는 직장 동료들과 문제 일으키지 말고 둥글게 지내라는 말까지 추가됐다. 지금은 절친한 사이로 지내고 있지만, 처음 직장 동료로 만난 한 친구는 사실 친해지기 전까지 나를 두고 '저거 진짜 싸가지 없다'고 욕했다는 고백을 털어놓기도 했다. 사람에게 먼저 다가가지 못했고 처음 본 사람과 통성명을 하는 것조차 고역인 시절이었다. 그랬던 내가 지금 그나마 나름 멀쩡한 척이라도 하며 사회생활을 할 수 있게 된 건 아마 시청에서 동물보호 담당 주무관으로 일한 경험 덕분일 것이다.

나를 사회인으로 키운 8할은 시청 생활이라고 할 만큼 시청에서의 3년은 나를 사람으로 만들어 준 시간이었다. 물론 당시 나와 함께 일했던 분들의 평가는 다를 수도 있겠으나, 과거의 나를 생각하면 눈부신 발전이라 자찬할 만하다. 보수적이고 규칙에 엄격한 조직생활을 거친 결과이기도 하지만, 무엇보다 많은 사람들과 만나고 억지로 소통을 하며 얻어 낸 성과다. 이전까지는 나와 마음이 맞는 사람이랑만 어울리고 원치 않는 인연은 잘라 냈지만, 시청에서는 그럴 수 없었다. 공무원으로 일한다는 것은 내 앞으로 들어오는 어떠한 민원도 거부할 수 없다는 뜻이었다. 동물보호 담당이라고는 해도 내가 하는 거의 모든 업무에 사람이 엮여 있었다. 민원을 넣은 사람, 민원의 원인을 제공한 사람, 민원 해결에 도움을 줄 사람, 민원 해결을 위해 불가피하게 부딪쳐야 하는 사람. 숱하게 많은 사람들과 만나고 통화하고 때로는 설득하고, 그들에게 욕을 먹고 함께 싸웠다.

나는 갈등을 싫어하는, 혹은 귀찮아하는 성향이기 때문에 스스로를 평화주의자라고 자부해 왔는데 시청에서는 자꾸만 싸울 일이 생기곤 했다. 시청에서 만났던 사람들 중 상당수는 나와 정반대의 시선을 가진 이들이었다. 이렇게나 일방적으로 동물이 착취당하는 세상인데도 그들은 동물과 인간을 동일 선상에 두고 생각했다. 안타깝게도 생명의 가치에 대한 이야기는 아니다. 그들은 자신의 심기에 거슬리는 동물을 범죄자 취급하며 맘대로 동물을 벌할 수 없다는 사실에 진심으로 분개했다. "그럼 나한테 피해를 입힌 동물은 누가 처벌하는 거냐!"며 노발대발하는 사람들을 보면 '인간과 동물이 아니라 인간끼리의 갈등을 토로하는 건가?' 하는 착각이 들 정도였다. 그들에게 동물이란 필요할 땐 얼마든 이용할 수 있는 열등한 존재이면서도, 나를 조금이라도 불편하게 하면 인간과 동일한 기준을 적용해 처벌해야 하는 대상이었다.

세상에는 정말 다양한 사람이 있었고 그들은 별의별 논리를 내세워 가며 동물 혐오를 정당화했다. 화가 가득한 목소리로 전화를 걸어 "고양이가 내 화단을 다 망가뜨렸는데 내가 이 고양이 새끼를 죽이면 어떻게 되는 거요?"라고 물어보는 민원인에게 "길고양이를 죽이거나 학대하면 동물보호법에 의거해 형사처벌 대상에 해당합니다"라고 답하면 상대는 격하게 화를 냈다. 인간보다 동물이 더 살기 좋은 세상이라는 둥 인간은 보호하지 않으면서 동물보호법은 왜 있냐는 둥, 태어나서 단 한 번도 생각해 보지 못한 논리를 들이대며 윽박질러 댔다. 그나마 다행인 건 헛소리도 자꾸 들으면 면역이 생기는지 나중엔 웬만큼 이상한 이야기를 들어도 별 감정의 동요 없이 대꾸할 수 있게 되었다는 것이다.

그러나 그들이 '공평'이나 '평등'이라는 단어를 입에 올릴 때면 아무리 평정심을 유지하려 노력해 봐도 화가 치밀곤 했다. 소리 높여 불편을 주장할 수 있는 것 자체가 권력이라는 사실을 그들은 모르거나 혹은 모른 척했다. 힘 있는 쪽의 사소한 불편을 해소하기 위해 약한 존재들은 생명까지도 위협받았다. 그러나 정작 치명적인 피해를 입은 쪽은 침묵을 강요당하거나 가까스로 고통을 호소해 봐도 외면당하기 일쑤였다. 생명이 위태로운 약자의 외침에는 귀를 막으면서도 강자의 불편한 심기는 모두가 나서서 달래 주는 세상에서 우리는 살아간다. 피해자에게는 무결함을 요구하면서 약자로서의 자격을 평가하고, 티끌만 한 잘못에도 '너는 배려가 필요한 대상이 아니다'라고 단정한다. 정작 자신들이 저지른 거대한 가해와 폭력에는 모르쇠로 일관하면서 말이다. 이제 다시 한번 생각해 보자. 겨우 불편하다는 이유만으로 동물을 죽이겠다고 생각할 수 있는 사람과 그들의 손에 목숨이 달린 동물 중 진정으로 불평등을 토로해야 할 쪽은 누구겠는가.

" 진정한 평등은 차이를 인정하는 것에서부터 "

평등을 가장한 특권과 불공평을 당당하게 주장하는 이들에게 분개하면서도 멈칫하게 되는 순간이 있다. 바로 그들에게서 내 모습을 발견할 때다. 지금 돌이켜 보면 달려가서 한 대 쥐어박고 싶을 만큼 이기적으로 굴던 때가 있었다. '피해는 주지도 말고 받지도 말자'라는 생각이 삶의 원칙처럼 머리에 단단히 박혀 있던 시절, 타인으로 인해 거슬리는 일이 생기면 불쾌한 기분을 숨기려는 노력도 없이 드러내곤 했다.

세상을 살아가는 이상 서로 영향을 주고받을 수밖에 없다는 사실을 알지 못했던 무지와 오만이었다.

아이들을 대하는 태도 역시 그중 하나였다. 공공장소에서 울고불고 소란을 피우는 아이들을 향해 불만 가득한 얼굴로 쳐다보고 있으면 엄마는 내 등짝을 후려치며 애들은 원래 그렇다고 핀잔을 줬다. 그런데도 여전히 마음속에는 '내가 왜 남의 애들 때문에 불편을 감수해야 돼?'라는 생각만 가득했다. 어린아이들에게까지 관용을 베풀지 못하고 박하게 굴었다. 이런 말을 한다고 해서 지금은 아이들을 좋아하게 되었다는 건 아니다. 나는 여전히 아이들이 내는 고음에 질색하고 그들의 부산스러움이 괴롭다. 지금도 웬만하면 아이들이 많은 곳은 피하려고 한다. 그래도 이제는 어디선가 아이들이 소동을 일으키면 인상을 구기며 째려보는 대신 조용히 이어폰을 찾아 끼고 의식적으로 소음이 들리는 방향을 쳐다보지 않으려고 노력한다. 때로는 시선도 폭력이 될 수 있고, 쳐다보지 않는 배려가 필요한 상황도 있다는 걸 이제는 안다.

어린이에게 성인 수준의 자제력과 행동 규범을 기대하고

이를 근거로 비난한다면, 그건 어린이가 아니라 무리한 수준을 요구하는 쪽의 잘못이다. 진정한 평등은 차이를 인정하고 각자에게 적합한 기준을 찾는 것에서부터 출발해야 한다. 동물에 대한 태도 역시 마찬가지다. 동물과 사람이 동등한 대우를 받아야 한다는 이야기가 아니다. 오히려 동물은 인간과 완전히 다른 존재로서 차이를 인정하고 그 자체로 받아들여야 할 대상이다. 굶주림에 시달리다 민가로 내려와 밭을 짓밟은 동물을 사유지 침입으로 벌해 달라는 건 합당하지 않다. 발정기에 소음을 내는 길고양이와 술에 취해 고성방가로 이웃을 괴롭히는 취객을 똑같이 취급할 수는 없다. 사람을 물어 버린 유기견을, 고의적으로 사람을 해친 강력범죄자와 동일하게 대우해서는 안 된다. 인간의 기준을 동물에게도 똑같이 적용하는 건 공평한 게 아니라 평등을 앞세워 불평등을 더욱 심화시키려는 비겁한 행동이다.

강자와 약자 사이에 재판관은 필요 없다. 힘의 차이가 분명한 관계에서 동일한 기준을 적용해 잘잘못을 따지는 건 얼핏 공평해 보이지만, 사실 약자가 가진 유일한 무기까지 빼앗아 강자의 손에 쥐어 주는 것과 다름없다. 인간보다 동물이 먼저인 세상이 올까 두려워하는 일부 우려와는 달리, 나 같은 동물편향주의자가 평생을 바쳐 동물의 권익을 외쳐 봐도 동물과 인간의 사회적 지위가 바뀌는 일은 없을 것이다. 동물권운동이 소정의 성과를 거두어 동물의 지위가 조금 올라간다고 해도 동물의 생명이 인간과 동등하게 여겨지는 날은 소원해 보인다. 동물의 죽음이 인간의 것보다 더 무겁게 다뤄지는 일 역시 일어날 리 없다. 그러니 인간 우월론자들이여, 합리를 방패 삼아 강자의 편에 서서 약자를 공격하는 일은 이제 그만두기로 하자. 분명히 존재하는 권력과 계급을 모른 척하며 동일한 잣대를 들이대는 평등은 차별의 또 다른 이름에 불과할 뿐이다.

이제 다시 한번 생각해 보자.

겨우 불편하다는 이유만으로

동물을 죽이겠다고 생각할 수 있는 사람과

그들의 손에 목숨이 달린 동물 중

진정으로 불평등을 토로해야 할 쪽은 누구겠는가.

채식을 지향한 지 10년 만에
채식의 유행을 맞이하며

~~~~~~~~~

　세상에는 두 종류의 사람이 있다. 변화와 유행에 민감하고 기꺼이 발맞추는 사람과 유행을 따르는 데에 그다지 관심도 소질도 없는 사람. 그 기준으로 보자면 나는 명백한 후자다. 새로운 데에 익숙해지기까지 남들보다 오랜 시간이 필요하고, 일상의 한 부분이라도 변화가 생기거나 무언가 새롭게 적응해야 하는 상황이 오면 설렘보다 불안과 두려움이 앞서곤 했다. 입학, 이직 등 완전히 새로운 시작 앞에서는 공포에 가까운 극심한 스트레스로 밤잠을 설치고 악몽에 시달렸다.

　무선 이어폰보다는 줄 있는 이어폰을, 전자책보다는 종이책을, 영상보다는 활자를 선호하는, 유행을 선도하기는커녕 저 멀리 떠나는 유행의 뒤꽁무니를 쫓기도 버거운 사람. 어릴 적에는 변화에 발맞추기 어려워하는 부적응을 아날로그를 좋아하는 낭만이나 내 방식대로 산다는 식의 마이웨이로 포장했지만, 마흔을 앞두고 나니 그마저 통하지 않았다. 실수조차 이해받으며 까불던 막내 시절이 아직 생생하건만 직장에서는 어느새 점심 한 끼 같이 먹자는 말도 조심스럽게 꺼내야 하는 중간관리자 자리에 앉아 있다. 90년대생 팀원들 사이에서 온라인에 떠도는 유행어나 이름도 생소한 아이돌 이야기에 껴 보려 기웃대는 내 모습은 마치 오래전 '안녕하셈, 방가방가'를 외치며 직원들에게 인사를 건네던 옛날 상사를 떠올리게 한다. 그래, 아무리 벗어나려 발버둥을 쳐 봐도 나는 이제 '꼰대'의 세대로 들어섰다. 다만 조금 억울한 건 예나 지금이나 내 알맹이는 그대로인데 나이가 들어서 시대의 트렌드를 쫓지 못하는 것처럼 되어 버렸다는 사실이다.

그러나 자칭 타칭 옛날 사람인 나에게도 요즘 트렌드에 정확히 발맞추는 지점이 하나 있었으니, 그건 바로 '채식'이다. 단순히 물건을 구입하는 행위를 넘어 자신의 가치관에 부합하는 소비를 통해 신념을 표출하고자 하는 MZ세대의 트렌드 중 하나로서 채식이 주목을 끌면서 채식은 과거와는 사뭇 다른 대접을 받기 시작했다. 이러한 시대의 변화에 따라 나 역시 얼떨결에 유행에 편승하는 사람이 되었다. 물론 10여 년 전 처음 고기를 끊겠다고 결심했을 때 지금 같은 시대가

올 것을 예측한 건 당연히 아니다. 그러나 이번만큼은 양심을 조금 놓아 버리고 유행의 선두주자인 척해 보기로 했다. 이런 기회는 아마 내 인생 처음이자 마지막일 테니.

" 채식에서 비거니즘까지, 확장되는 삶의 형태 "

몇 년 전 친구와 채식 박람회에 방문한 적이 있다. 그때까지만 해도 채식에 대한 담론은 건강이나 종교적인 내용이 좀 더 주를 이루었고 동물권은 부수적인 차원에 머무르곤 했다. 우리가 방문했던 박람회에서도 그런 경향이 여실히 느껴졌다. 어느 부스에 가보니 샛노란 머리와 화려한 차림을 한 외국 종교 지도자가 채식의 중요성을 설파하는 영상을 반복해서 상영하고 있었다. 또 다른 부스에서는 개량한복을 입은 분들이 열심히 물건을 판매하는 모습이 보였다. 채식 박람회인 만큼 평소 쉽게 접하기 어려운 식물성 요거트나 아이스크림, 대체육 식품 등 다양하고 새로운 제품을 맛보고 구입할 수 있어서 개인적으로는 꽤 만족스러운 경험이었는데, 박람회를 나서는 길에 친구가 이런 말을 했다.

"박람회 분위기가 약간 좀 그렇지 않아? 두 번 오고 싶은 생각은 안 들더라. 난 채식이 젊은 사람들도 따라 하고 싶어 할 만한 그런 멋진 문화가 됐으면 좋겠어."

개인적으로는 채식이 꼭 멋지거나 그럴듯한 문화가 되어야 할까 싶은 의문이 들기도 했지만, 확실히 박람회 분위기가 그다지 세련된 느낌이 아닌 건 사실이었다. 당시 삼십 대 초중반이었던 우리가 어린 편에 속할 만큼 방문객의 평균 연령층 역시 꽤 높은 편이었다. 종교를 기반으로 하거나 향토적인 분위기를 띤 채식 문화가 나쁘다는 건 아니다. 다만 불과 몇 년 전까지만 해도 채식은 젊은 층에게 매력으로 다가갈 만큼 대중적인 유행이나 트렌드와는 거리가 멀었다는 것이다.

그러나 최근 흐름을 보면 친구가 원하던 '따라 하고픈 채식의 시대'로 성큼 들어선 느낌이 든다. 요즘의 채식은, 평화롭지만 심심하고 현실과 동떨어진 사찰 음식이나 혹은 산과 들에서 먹거리를 채취하여 만들어 내는 자연주의 식단의 느낌이 아니다. 전문가들은 환경보호나 동물권을 바라보는

MZ세대의 의식 수준이 높아지고, 여기에 가치 소비를 중시하는 그들의 경향이 맞물리면서 채식이 단순 유행에서 하나의 문화로 자리 잡기 시작했다는 분석을 내놓았다. 이를 반영하듯 많은 식품 기업이 대체육이나 식물성 재료만 사용한 제품을 줄지어 출시하고, 편의점에서는 손쉽게 구입할 수 있는 채식 도시락이나 김밥 등을 판매하고 있다. 오트밀크나 아몬드밀크 등과 같은 식물성 대체우유를 선택할 수 있는 카페도 늘고 있다.

물론 육식주의 사회는 여전히 공고하고 그에 비하면 채식을 지향하는 인구는 소수에 불과하다. 그러나 라면이나 냉동 만두 같은 대중적인 식품조차 육류가 포함되지 않은 제품을 찾기 어려웠던 때에 비하면 불과 몇 년 사이 선택의 폭이 확연히 넓어졌고 사회 분위기 역시 바뀌었음을 느낀다. 일부에서는 기업들이 채식을 그 의미나 목적에 대한 철학적 고민 없이 돈벌이 수단으로만 대한다는 비판을 제기하기도 하지만, 기업의 상술이라는 측면에서 보더라도 그만큼 채식을 지향하는 소비층이 많아지고 있다는 사실은 반길 만하다. 기업에서 상술로서 채식을 이용한다는 건, 채식을 원하는 소비자

역시 무시할 수 없는 하나의 '돈줄'로 자리매김했다는 뜻일
것이다.

　또한 이 같은 경향은 비단 식생활에 그치는 것이 아니라
전반적인 생활 양식으로 확장되고 있는데, 이를 일컬어 '비
거니즘'이라 칭한다. 비거니즘은 채식의 여러 단계 중 동물
성 식품을 전부 배제하는 완전 채식 '비건'이라는 단어에서
비롯한 단어이지만, 단지 식습관에만 국한하는 개념은 아니
다. 동물을 착취해 얻는 모든 제품과 서비스를 거부하는 행
동 양식인 비거니즘은 음식은 물론이고 살아가면서 이루어
지는 모든 선택과 소비에 영향을 미친다. 비거니즘을 추구하
는 사람들은 동물실험을 한 화장품, 동물성 소재를 사용한
의류 등과 같이 동물을 희생시켜 얻은 결과물을 소비하지 않
기 위해 노력한다. 또한 일회용품 사용을 줄이고 대중교통을
이용하는 등 환경보호를 위한 활동에도 열심히 나선다. 살아
가는 동안 우리는 하루하루 세 끼 식사, 옷이나 신발과 같은
필수적인 소비부터 여행지 선정이나 취미 생활 등 부수적인
소비에 이르기까지 수없이 많은 선택을 한다. 그 작은 선택
하나하나는 내 삶을 넘어 내가 속한 공동체와 사회 전체에

영향을 미치고, 그에 따른 결과가 모여 우리가 사는 세상이 만들어진다. 비거니즘을 가장 중요한 가치로 삼는다는 건 그리 대단한 결심은 아니었다. 그저 내가 하는 선택이 다른 생명과 그들이 사는 세상에 조금이라도 피해를 덜 입혔으면 하는 자연스러운 바람일 뿐이었다.

" 비거니즘을 추구하는 식탁에도
윤리적 딜레마는 존재한다 "

그러나 완벽을 꿈꾸지 않더라도 뭔가를 알면 알수록, 해보려고 하면 할수록 오히려 제대로 하지 못하고 있다는 생각이 들곤 한다. 동물권을 이유로 채식을 택한다 해도 비건이 아닌 이상 동물성 식품 생산을 위한 착취의 책임에서 완전히 자유로울 수는 없는 것처럼, 동물성 식재료를 완전히 배제한 식탁에도 윤리적 딜레마는 존재했다.

2021년 3월, 국내 동물권활동가들이 태국 대사관 앞에서 원숭이 복장을 하고 퍼포먼스를 진행했다. 태국 코코넛 농장의 원숭이 착취에 항의하고 이를 사회에 알리기 위해서였다.

미국 동물보호단체 PETA에 의해 알려진 바에 따르면 태국의 일부 농장에서는 원숭이를 이용해 코코넛을 수확하는데, 이 과정에서 엄청난 동물 학대와 착취가 이루어진다고 한다. 농장에서 사육하는 원숭이들은 평소 비좁은 철창에 갇혀 있다가 코코넛을 딸 때에만 밖으로 나올 수 있으며, 밖에 나와서는 목줄에 묶인 채 온종일 나무를 오르내리며 코코넛을 수확한다. 원숭이는 육체적 고통은 물론이고 극심한 스트레스로 인해 철창을 마구 흔들거나 정형행동을 보이기까지 했다.

코코넛과 더불어 채식 메뉴에서 자주 쓰이는 아보카도 역시 마음 편히 섭취하기 어려운 식재료다. 아보카도는 재배할 때 엄청난 양의 물이 필요한 농작물로서 아보카도의 인기가 높아짐에 따라 재배 지역의 산림 벌채와 지하수 고갈의 문제가 점점 더 심각해지고 있다고 한다. 또한 수만 킬로미터를 이동해 해외로 수입하는 과정에서 발생하는 탄소 배출량도 상당한 수준이디.

이뿐만이 아니다. 우유 대신 선택한 오트밀크가 한편으로는 산림 파괴에 일조하는 비윤리적 기업의 제품이었다거나,

종이 빨대, 다회용컵 사용 등으로 환경 친화적인 이미지의 프랜차이즈 카페가 지나친 MD 생산으로 오히려 환경에 악영향을 주고 있다거나 하는 경우도 비일비재하다. 동물의 희생이나 착취에 반대하기 위한 선택이 또 다른 종류의 피해를 가져다주고 있었다는 사실을 알게 되면 당혹스럽고 막막하다. 신념을 바탕으로 한 나의 지향점이 서로 충돌하는 동시에, 내가 추구하는 삶을 완성하는 것이 영영 불가능하게 느껴지기 때문이다. 그럼에도 삶이 이어지는 이상 무언가를 선택하는 일은 결코 멈출 수 없다.

조금 일찍 채식에 관심을 가졌다는 이유로 어울리지도 않는 트렌드세터 흉내를 내 보려 했지만 결국 남은 건 또 다른 질문과 고민뿐이다. 채식이 하나의 문화로 떠오르고 비거니즘을 바탕으로 한 삶이 널리 확산되고 있다는데도 나는 10여 년 전 고기를 끊겠다고 다짐했던 그때와 별반 달라진 게 없다. 그러나 안갯속을 헤매는 듯 막막한 가운데에도 조금 위안을 삼아 보는 건 내가 소중하게 여기는 것들을 같이 소중하게 생각하는 사람들이 늘고 있다는 믿음이다. 답을 찾기 위해 함께 쩔쩔매고 정답으로 가는 길을 공유하기도 하고,

그러다 틀리면 괜찮다고 다시 풀어 보면 된다고 서로 위로도 해 주는 그런 사람들 말이다. 지금 우리가 지향하는 방식이, 추구하는 태도가 더 이상 유행이 아니라 보통의 평범한 일상인 날이 온다면 그때는 정답이 없을 것 같던 질문에 대한 답을 찾을 수도 있을 것 같다.

동물의 희생이나 착취에 반대하기 위한 선택이

또 다른 종류의 피해를

가져다주고 있었다는 사실을 알게 되면

당혹스럽고 막막하다.

신념을 바탕으로 한 나의 지향점이 서로 충돌하는 동시에,

내가 추구하는 삶을 완성하는 것이

영영 불가능하게 느껴지기 때문이다.

그럼에도 삶이 이어지는 이상

무언가를 선택하는 일은 결코 멈출 수 없다.

비난을 위한 비난은
무엇도 바꾸지 못한다

　원래도 아침잠이 많은 데다 오랜 기간 불면증에 시달리고 있는 나는 아침마다 '태어났다는 이유로 겪어야 하는 이 고통을 언제 벗어날 수 있는가' 하는 비관적인 기분으로 기상을 위한 사투를 벌인다. 그런데 오늘은 웬일인지 비교적 산뜻한 기분으로 침대를 벗어났다. 아마도 전날 있었던 기분 좋은 모임 덕분인 듯했다. 나 포함 세 명으로 구성된 소소한 모임은 대략 5년 정도 되었다. 나는 시청의 동물보호 담당 주무관, 두 분은 길고양이를 돌보는 자원활동가로 처음 마주했다. 동물, 그중에도 특히 길고양이에 대한 연민과 애정을 바탕으로 시작한 인연은 공무원과 민원인을 친구로 만들어 주었다. 나이도, 살아온 길도 제각각인 세 사람이었지만 이들을 만나고 나면 마음속 어딘가 충전이 되는 기분이었다. 정신 상태가 완전히 망가져 심하게 비틀대던 때, '인간 싫어!' 가 최고조에 달하던 시절에도 이들을 만나 몇 시간 떠들다 오면 한동안은 낯선 사람들 사이에서도 멀쩡히 서 있을 수 있었다.

　나는 이 모임이 나에게 미치는 긍정적인 영향에 대해서 자주 생각하곤 했는데, 처음엔 같은 공감대를 형성하는 시간의 위로 같은 것이라고 생각했다. 하지만 똑같이 동물을 좋아하는 사람들과 만난다고 해서 무조건 힘을 얻을 수 있는 건 아니었다. 오히려 진이 빠지거나 기분이 상하는 경우도 종종 있었다. 그러다 최근에서야 근본적인 이유를 깨달았다. 그들을 만나는 시간 속에는 상대에게 자신의 일방적인 믿음이나 생각을 강요하는 경우가 일체 없었던 것이다.

　모든 시민운동은 자신의 신념과 이상을 실현하기 위한 목표로 이루어진다지만, 동물권, 동물복지, 동물보호 활동을 하는, 소위 '동물판'에서는 각자의 의견과 주장이 무수한 갈래로 나뉜다. 게다가 저마다 자신이 옳다는 강력한 확신이 있기 때문에 타인의 의견이 끼어들 여지가 지극히 비좁아서 웬만하면 타협도 잘 이루어지지 않는다. 이런 세계에서 10년 이상을 부대끼던 나에게 상대에 대한 비난이나 강요 없이 열린 마음을 유지하고 있는 두 분과의 모임은 마치 고래가 수면 위로 떠올라 숨을 내쉬는 시간과도 같았다.

동물과 관련한 사안을 둘러싸고 극심한 각을 세우는 경우는 새삼스럽지도 않을 만큼 잦지만, 그중에도 채식은 괜히 말을 꺼냈다가 싸움 나기 딱 좋은 주제다. 채식이 자신을 나타내는 하나의 신념이나 지향점으로까지 자리 잡으면서 채식은 단순히 농장동물 복지나 지구 환경 문제를 넘어 개인의 윤리나 도덕처럼 민감한 분야까지 건드는 주제가 되었다. 그러니 채식을 지향하기로 한 선택에 이유 없이 시비를 걸리거나 비난을 받으면 내가 세운 삶의 기준까지 침범당하는 것처럼 느껴져 기분이 상할 수밖에 없다.

" 이해할 수 없는, 혹은 이해하지 않는 "

최근 들어 비건인 직장 동료와 부쩍 가까워지면서 간접 비건 체험을 하고 있다. 과거에 비해 채식주의자를 위한 식당과 메뉴가 늘고 있기는 하지만 완전 채식을 하는 비건의 삶은 여전히 고행의 길이라는 사실을 몸소 경험하는 중이다. 우리 직장 인근에서 비건이 먹을 수 있는 메뉴는 서너 가지 정도에 불과하다. 동물성 재료를 사용했다고 생각지 못한 음식이었는데 육수에 멸치나 조개가 들어가거나 양념에 동물성 조미료가 첨가된 경우도 많았다. 한번은 식당에서 돌솥비빔밥에 든 계란프라이를 빼 달라고 요청했는데, 서빙하는 직원 분부터 요리를 하는 분들까지 모두가 그 주문의 의미를 잘 이해하지 못하셨다. 식사가 나오기를 기다리는 동안 주방에서는 '계란'이라는 단어가 수십 번 들려왔다. 홀과 주방 모두 우왕좌왕하게 만든 '계란 뺀 돌솥비빔밥'은 점심시간이 거의 끝나 갈 무렵 식탁 위에 겨우 등장했는데, 어렵사리 식사를 받아 든 우리는 웃음을 터뜨렸다. 대혼란을 겪고 등장한 비빔밥 안에는 결국 계란이 들어 있었기 때문이다.

그 친구가 비건을 지향한 지는 대략 1년이 조금 넘었다. 그전까지는 자신도 닭갈비나 치킨 같은 음식을 얼마나 좋아했는지 모른다고 했다. 그렇지만 육식을 하는 동안 마음 한구석에는 언제나 불편함이 자리했고, 일부 동물성 식품을 허용하는 채식도 여러 번 시도해 봤단다. 그러나 어떠한 생명에게도 해를 끼치고 싶지 않다는 마음은 점점 커졌고 그 방법은 비건을 선택하는 것뿐이었다고 한다. 그렇게 좋아했던 음식을 어떻게 참느냐고 묻는 내게 그 친구는 이렇게 답했다.

"그 음식을 먹고 싶은 욕구와 먹음으로써 느끼는 만족보다는 내가 누구에게도 피해를 주지 않았다는 기쁨이 더 크니까요."

그를 통해 들은 비건의 삶은 예상보다 더 녹록지 않았다. 먹을 수 있는 음식을 찾아다니는 일은 소소한 고충에 불과했다. 가까운 사람들조차 그의 선택을 이해하지 못하고 비난을 하거나 무시하는 것이야말로 가장 큰 괴로움이라고 했다. 주변 사람들은 그가 감기에만 걸려도 '네가 고기를 안 먹으니 아픈 것'이라면서 마치 그의 선택에 문제가 있다는 듯한 말을 너무나 쉽게 했다. 육식을 자제하게 된 이유를 충분히 설명했음에도 이를 이해하려 하지 않거나 의도적으로 무시했다. 때로는 그가 비건을 선택하게 된 이유를 밝히는 것만으로도 상대가 자신의 육식을 비난받는 것처럼 느끼는 경우도 있다고 했다. 비건이라는 존재는 거울과도 같아서 거기 비치는 자신의 모습에 부끄러움이나 언짢음이 느껴지면 되려 그를 비난하곤 했다.

이토록 무례한 상황은 비건에게만 한정하지 않았다. 나와 비슷하게 비육식을 지향하고 해산물은 허용하되 동물에게 불필요한 고통을 주는 음식을 거부하는 친구의 경우 음식 때문에 과거 사귀던 남자친구와 잦은 갈등이 있었다. 그는 친구에게 매번 고기를 강요했다. 연인 사이에 상대가 좋아하는 음식을 함께 즐기는 것도 중요하다는 이유에서였다. 게다가 거기서 그치지 않고 살아 있는 낙지가 뜨거운 국물 안에서 고통스럽게 몸부림치는 영상을 찍어 보내기까지 했다. 이건 단순히 고기를 권하는 것과는 다른 차원의, 명백히 폭력적인 행동이었다.

" 채식은 우월한 것도,
타인을 가르칠 자격을 얻은 것도 아니다 "

물론 반대의 경우도 존재한다. 채식주의자들 중 일부는 육식을 무조건 비난하거나 혐오하는 대도를 보이기도 한다. 2019년 한 동물권활동가가 고기를 파는 식당에 들어가 '음식이 아니라 폭력입니다'라고 쓰인 피켓을 들고 시위를 했다. 그는 고기를 먹는 사람들을 향해 "여러분의 식탁에 올라와 있는 건 음식이 아니라 동물입니다. 우리 인간이 인간답게 살 권리가 있는 것처럼 돼지도 돼지답게, 소도 소답게, 동물도 동물답게 살 권리가 있습니다"라고 외쳤다. 그날 그들이 전달한 메시지에는 아무 문제가 없었다. 나 역시 그들의 생각에 100% 동의하는 바다.

그러나 그 방식이 문제였다. 그들이 촬영한 시위 영상에는 식사를 하고 있던 손님들의 얼굴이 고스란히 찍혔다. 시위 방법에 대한 비판이 일자 시위에 참여한 활동가들은 '우리의 시위 방식은 누군가와 싸우거나, 누군가를 비난하지 않는 비폭력적 방해 시위였다. 이로 인해 누군가 불편함을 느낀다면 동물이 처한 현실을 인지했기 때문'이라고 말했다. 그러나 비폭력 시위라는 그들의 말과는 달리 나는 그 시위 방식이 낙지의 고통을 영상으로 찍어 전송했던 것과 다름없이 충분히 폭력적이었다고 생각한다. 무엇보다 그 시위가 효과적이지 않았다는 점에서 더 안타까움을 느낀다. 그런 방식을 통해 농장동물의 현실을 깨닫고 당장 육식을 포기하는 사람은 극히 드물 것이다. 그날 식당에서 식사를 하던 손님이 느꼈을 감정은 동물에 대한 미안함이나 자아 성찰보다는 불쾌함과 같은 부정적인 감정에 가까웠으리라 생각한다. 채식을 하는 사람은 선민주의적 시각에 젖어 있거나 타인을 계도의 대상으로 여긴다는 오해만 불러일으켰을 가능성이 더 높다.

　더 많은 이들이 육식을 줄이고 채식을 지향하기를 바라는 한 사람으로서 나는 그들이 전하고자 하는 메시지에 찬성하고 목소리를 낸 용기를 응원한다. 그러나 시민운동을 하는 활동가 입장에서는 그 시위 방식에 동조하기 어렵다. 채식을 지향하겠다는 선택과 이를 확산시키고자 하는 마음이 개인에 대한 비난으로 이어져서는 안 된다. 현재의 육식 문화는 사회 구조적 문제이기에 공장식 축산업으로 동물을 사육하는 농민이나, 오늘 점심에 아무 고민 없이 고기 메뉴를 선택한 소비자에게 비난의 화살을 돌리는 건 적절치 않다. 또한 매 끼니 신선한 과일과 채소를 바탕으로 한 균형 잡힌 채식 식단보다 최대한 저렴한 비용으로 든든한 한 끼를 선택하는 것이 더 중요한 이들도 있다. 공장식 축산업이 시스템화되어 있고, 미디어를 포함한 문화적 환경 역시 적극적으로 육식을 권장하는 육식주의 사회에서는 농민도, 소비자도 시스템의 피해자일 수 있다. 우리의 목표는 개인을 계몽하거나 비난하는 것이 아닌, 시스템의 비윤리를 바로잡고 착취 구조를 깨부수는 일이다. 이는 개인을 향한 비난으로는 이룰 수 없는 일이다.

" 무례한 대화의 무효함 "

《무례한 시대를 품위 있게 건너는 법》의 저자 악셀 하케는 마크 트웨인이 한 말을 인용하여 이렇게 이야기한다.

"어리석은 사람들과 토론하지 마라. 그들은 당신을 자신들과 같은 수준으로 끌어내린 뒤, 숙련된 기술로 당신을 두들겨 팰 것이다.

품위도 예의도 없으며 진실과 거리가 먼, 어리석은 자들은 바닥까지 치닫는 저급한 수준에 정통하기 때문에 위험하다."

이 책의 구절과 같이 상대에 대한 존중과 관용이 없는 이들과의 토론은 어떠한 긍정적인 결과도 가져오지 못한다. 채식을 확산시키기 위한 활동 역시 마찬가지 아닐까. 상대의 입장과 의견에는 마음을 닫아 버리고 비난과 혐오를 전제로

한 태도는 기분만 상하게 할 뿐 상대를 설득할 수 없다. 내가 아무리 올바른 생각을 하고 윤리적으로 한 치의 어긋남이 없는 의견을 주장한다 하더라도 스스로의 우월함에 빠져 상대를 내려다보는 시각으로 강요를 한다면 당연히 그 누구도 내 말에 귀 기울이지 않을 것이다.

그러나 이런 말을 하고 있는 지금 순간에도 나 역시 강압적이고 아집 있는 태도에서 자유롭지 못하다. 내가 정말 중요하다고 생각하거나 정답이라고 믿는 의견에 대해서는 한 치의 양보도 없어서 상대의 말에는 귀를 닫고 목소리만 높인 적도 여러 번이다. 물론 언제나 결과는 그리 좋지 않았다. 어떤 때에는 완전히 내 손해로 돌아오기도 했다. 직장에서 마음을 터놓고 지내는 동료는 내 모습에 안타까워하면서 이런 말을 한 적이 있다.

"팀장님은 입을 열기 전부터 무슨 말을 할지 다 보여, 수가 다 읽힌다는 뜻이야."

"나는 애초에 수 같은 걸 궁리하지 않는데?"

"내 뜻을 관철하고 싶으면 설령 아니다 싶어도 상대의 말을 들어주기도 하고 가끔은 어쩔 수 없이 뒤로 물러날 때도 있어야지."

동료의 말을 듣고 돌이켜 보니 내가 일방적으로 목소리를 높이고, "넌 틀렸고 내 말이 맞다"고 바득바득 우겨 대던 주제에 있어 상대의 변화를 이끌어 낸 적은 없었던 것 같다. 솔직히 말하면 당시에는 그저 내 화풀이가 우선이었을 뿐 상대를 설득할 마음도 없었다. 나이가 들면서 어차피 바뀌지도 않을 사람을 붙들고 시간과 노력을 쓰고 싶지 않아 상대를 존중하는 척 입을 닫는 경우도 많지만, 사실 속으로는 '너는 다른 게 아니라 명백하게 틀린 거다, 내 말이 다 맞아, 이놈아!' 하면서 들리지 않는 욕설을 퍼부을 때도 부지기수다. 이것 역시 스스로 극복해 나가야 할 나의 부족한 면이다.

이십 대 중반 이후로 내 정신연령은 물리적 나이를 따라잡지 못하고, 실제 나이와 내면의 성숙 간의 괴리는 점점 커져만 간다. 말이 통하지 않는 사람을 만날 때면 한바탕 쏟아 내고 싶은 것을 겨우겨우 참느라 애를 먹는다(사실은 여전히 못 참고 들이받을 때도 많다). 이렇게나 부족한 스스로를 알기에 나는 매번 지극히 평범하고 당연한 것들을 다짐하곤 한다. 그저 살아가는 동안 내 세상이 조금씩이라도 넓어졌으면 좋겠다. 신념이라는 이름으로 아집을 포장하는 대신, 정말 이해할 수 없고 나와는 너무 다른 이들의 의견도 마음속에 잠깐 담아 둘 수 있는 조그만 자리 정도는 만들어지길 바란다. 그렇게 나에게 집중하는 내 삶을 살아가다 보면 아주 가끔은 누군가에게 변화를 불러일으키는 기적 같은 일도 한두 번쯤은 일어나지 않을까 생각해 본다.

그렇게 좋아했던 음식을 어떻게 참느냐고 묻는 내게
그 친구는 이렇게 답했다.

"그 음식을 먹고 싶은 욕구와
먹음으로써 느끼는 만족보다는
내가 누구에게도 피해를 주지 않았다는
기쁨이 더 크니까요."

혐오의 대상이자
변화의 희망이기도 한 인간

생애 전반에 걸쳐 신념을 행동으로 몸소 실천해 온 동물권 운동가 헨리 스피라는 사실 오랜 시간 동물에 대해 진지하게 생각해 본 적이 없었다고 고백한다. 동물의 권리를 위한 활동을 시작하기 전 그는 약자의 편에 서서 빈곤, 인종차별 등 사회 부조리에 맞서 싸워 온 인권운동가였다. 그러던 중 오십 대에 우연히 고양이를 입양하게 되면서 그의 인생은 달라진다. 철학자 피터 싱어가 쓴 헨리 스피라의 평전《모든 동물은 평등하다》에서는 그가 처음 동물권을 위해 투쟁하고자 결심한 계기를 이렇게 말하고 있다.

"나는 동물해방이 지금까지 살았던 내 인생의 논리적 확장이라고 생각했다. 힘이 없는 약자들, 희생자들, 지배와 억압을 받는 존재들과 동일시했던 내 삶과 말이다."

평생 인권을 위해 싸워 온 그는 동물권 역시 그 의식의 확장이었다고 말한다. 동물보호단체에서 일을 시작했을 무렵 나 역시 비슷한 생각을 했다. 처음 동물에 대한 뜻 모를 측은지심에서 출발한 문제의식은 우리 사회 가장 낮은 곳에 자리한 동물의 지위를 깨닫게 했다. 약자를 대변하고 그들의 권리를 위해 노력하는 시민운동 중에서도 '종을 넘어' 연대를 구축하고자 하는 동물권운동은 가장 진보적이고 전향적 태도를 가진 활동이라고 믿었다. 지금까지도 이 생각에는 변함이 없다. 다만 현장에서 직접 부딪히며 겪은 실상과 내 믿음 사이의 괴리는 꽤 오랜 시간 나를 괴롭혔다.

" 인간 혐오가 결국 나 자신에 대한 혐오로 "

〈우리〉
: 자기와 함께 자기와 관련되는 여러 사람을 다 같이 가
  리킬 때, 또는 자기나 자기편을 가리킬 때 쓰는 말.

사전적 의미에도 나타나듯 '우리'라는 단어는 나를 포함해 나와 친밀한 관계를 맺은 대상, 즉 내 편을 가리킬 때 사용하는 말이다. 사람들에게는 저마다 각자 규정한 만큼의 '우리'

가 있어서 그 안에 어떤 대상을 포함하는지를 보면 그 사람
의 가치관과 삶의 태도까지 짐작할 수 있다. 긴 시간에 걸쳐
나의 '우리' 안에는 동물들이 들어왔다. 처음 개, 고양이부터
돼지와 소, 토끼와 오리까지 동물의 종과 수가 점점 더 많아
질수록 반대로 많은 수의 인간들이 점점 나의 '우리'에서 제
외됐다. 사회에서 동물이 어떤 위치에 있고 어떻게 살아가는
지가 나의 생활 전반에 영향을 미쳤다. 그들의 처참한 삶을
들여다볼 때마다 원인 제공자 인간에 대한 부정적 감정이 머
리를 가득 채워 갔다. 전 사회에 뻗어 내린 동물 착취와 이를
적극적으로 나서서 행하는 사람들을 보면 솔직히 진절머리
날 때가 한두 번이 아니었다. 약자를 괴롭히며 희열을 느끼
는 지질한 인간들이 동물을 학대하는 사건을 접할 때마다 솟
구치는 분노와 무력감을 해소할 길이 없었다.

동물을 돈벌이 수단뿐 아니라 다른 목적으로 이용하는 사
람들도 있었다. 이는 주로 같은 진영에서 자주 볼 수 있었다.
동물의 권익 향상 그 자체가 활동 목적이 아니라, 자신의 이
력을 개인적 성공의 발판으로 삼거나 이미지 가공 수단으로
이용하는 경우다. 고지식한 생각이지만 다른 영역도 아닌 시

민운동에서의 순수성 결여나 변질은 정말 받아들이기 어려운 일이었다. 게다가 그들은 개인 욕심을 채우는 데 그치지 않고 동물에게까지 피해를 입혔다. 구조 동물을 내세워 모금한 후원금을 횡령해 다른 용도로 사용한 사건이나, 동물 구조의 적극성과 자신의 희생을 자랑하던 활동가가 사실은 남몰래 동물들을 안락사시켰다는 등의 소식을 접할 때면 학대자를 마주할 때와는 또 다른 종류의 절망감이 들었다.

동물보호단체를 퇴사하고 시청에서 동물보호 담당자로 일하게 된 뒤에도 인간에 대한 적대감은 사라지지 않았다. 지자체에서의 동물보호 업무는 전문 영역이기보다는 축산이나 방역을 담당하는 공무원이 곁다리로 맡아 수행하는 경우가 많다. 그러나 내가 일을 하게 된 지역에서는 좀 더 전문적인 동물복지 정책을 시행하기 위해 이례적으로 관련 경력이 있는 외부 인력을 동물보호 담당자로 채용하고 있었다. 하지만 시에서 동물보호 정책에 의지를 갖고 직원 하나를 채용했다고 해서 무언가 크게 바뀌는 건 아니었다. 관공서라는 조직의 운영 목적 자체가 그렇다. 관공서에서 일하는 공무원들은 '국민의 봉사자'로서 의무를 진다. 시민의 불편을 해소하고, 모두가 편안한 생활을 영위할 수 있도록 봉사해야 한다는 뜻이다. 동물의 생명보다 사람의 편익을 주장하는 목소리가 훨씬 큰 세상에서 인간을 위해 일하는 봉사자가 동물의 권리를 먼저 주장하기란 쉬운 일이 아니었다. 동물로 인해 조금의 불편만 발생해도 동물을 없애 달라는 요구가 빗발쳤다. 그 앞에서 동물의 안위와 그들과의 공존을 말하는 내 목소리는 허공에서 힘없이 바스라지곤 했다.

반면 자신의 '우리' 안에 동물을 포함하는 사람들에게는 나 역시 눈치만 보는 국민의 봉사자 중 하나일 뿐이었다. 그 당시 내가 일하던 도시에는 살아 있는 개를 진열하고 그 자리에서 도살해 고기로 판매하는, 개 도살로 악명 높은 전통 시장이 있었다. 현행법에서 개는 반려동물이자 가축이며 또 가축이 아니기도 하다. 합법도 불법도 아닌 사각지대에서 식용을 목적으로 하는 개 도살은 끝없이 자행됐다. 영업을 중단시킬 권한도 없는 공무원이 현장 점검을 나가면 업자들은 개를 죽일 때 쓰는 전기봉을 흔들면서 위반 사항이 있는지 잘 살펴보고 가시라고 비웃었다. 동물보호 담당이라는 업무가 무색하게도 나는 매일같이 이루어지는 도살 앞에서 아무

역할도 하지 못했다. 동물을 좋아하는 사람들에게는 '안일하고 한심한 공무원', 동물을 싫어하는 사람들에게는 '사람보다 동물을 우선시하는 자격 미달 봉사자'였다. 설령 모두에게 욕을 먹더라도 동물에게 도움되는 일을 할 수만 있었다면 견딜 수 있었을지 모른다. 그러나 할 수 있는 것보다 할 수 없는 일들이 훨씬 더 많은 자리였다. 갖은 노력을 다해 동물 하나를 살려도 그 수십 배에 달하는 생명을 떠나보내야 했고, 해낸 일보다 하지 못한 일에만 마음이 쏠렸다.

언젠가부터 버스를 타든 길을 걷든 지나다니는 사람들만 봐도 저 중에 나를 매도하고 욕하는 사람이 있을 것 같다는 생각이 들었다. 사무실 전화벨만 울려도 무서워서 도망치고 싶었다. 그런 와중에도 민원은 밀려들었고, 누군가와 대면해 소통하고 설득해야 하는 일이 계속 이어졌다. 아침에 눈을 뜨는 순간부터 잠들 때까지 빛 한 줌 없는 캄캄한 터널을 홀로 통과하는 심정으로 하루하루를 보냈다. 그런데도 나는 내 괴로움을 인정하거나 다독이는 대신, 남들은 잘만 이겨 내는 걸 혼자서만 유별나게 힘들어한다는 자책을 계속 되풀이했다. 나는 문제가 생기면 스스로를 탓하는 버릇이 있다. 설령 내 잘못으로 인한 게 아니라고 해도 어쨌든 내가 부족해서 벌어진 일이라며 모든 책임을 나에게 돌리곤 한다. 이런 성향을 가진 사람이 계속 비난을 받고 문제 해결에 실패하는 사례가 반복되면 마지막에는 자기 자신을 미워하게 된다. 인간 혐오가 지속되면서 결국 혐오의 화살이 나와 가장 가까이 있는 인간, 바로 나 자신에게 향하는 것이다. 낭떠러지의 가장 끝까지 도달하니 이 모든 원흉인 나 자신이 없어져야 끝날 것 같다는 결론에 도달했다. 그마저도 '죽어 버려야지' 같은 적극적인 감정이 아니라 '이대로 그냥 사라졌으면 좋겠다'는 무기력에 가까웠다.

" '인간 vs 동물'이 아닌 더 넓은 의미의 우리를 향해 "

나는 줄곧 인간을 미워했고 내가 느끼는 고통으로 그 미움이 정당하다고 생각했다. 그래서 더 마음껏 미워하고 또 미워했다. 그러나 결코 벗어날 수 없을 것 같던 악몽에서 나를 끌어올려 준 건 우습게도 나를 나락으로 빠트렸던 인간이라는 존재였다. 어느 날 누군가 지속적으로 길고양이를 괴롭힌다는 민원을 받고 나간 현장이었다. 오늘은 또 얼마나 끔찍하고 추한 모습을 마주하게 될까 지레 치를 떨며 도착한 현장에서 못난 인간 대신, 약한 생명을 지키려고 안간힘을 쓰는 인간의 흔적을 발견했다. 어느 가게 문 앞에 '고양이를 괴롭히지 마세요. 눈으로만 보세요. 돌을 던지지 마세요'라는 글씨가 또박또박 적힌 종이가 붙어 있었다. 노란 형광색 종이에 적힌, 서툴지만 진심 가득한 문장을 보고 있자니 저 멀리서 희미하게 새어 나오는 빛을 발견한 기분이 들었다. 한참을 가게 앞에 서서 그 짧은 문장을 몇 번이고 다시 읽었다.

그제야 비로소 나와 같은 길을 걷는 사람들도 보이기 시작했다. 거리에서 다친 새를 발견해 병원에 데려가 치료해 준 중학생, 가게에 들어온 길고양이를 내치지 못하고 줄곧 밥을 주며 돌봐 주시던 세탁소 사장님, 보호소에 들어온 유기 동물을 구조해 사비로 치료를 하고 입양을 보내는 활동가들과 근 한 달 가까이 잠을 설쳐야 하는 일인데도 강아지 수유 봉사에 선뜻 나서 주던 사람들, 누군가 눈에 띄지 않는 곳에 조용히 놓아 둔 사료 그릇과 그 주위에 찍혀 있던 조그만 고양이 발자국까지, 이 모든 게 전부 희망이었다. 그날 이후 여전히 수도 없이 인간에게 분노하고 절망하면서도 나는 이제 인간에게 희망을 건다. 모든 걸 망가뜨리고 해하는 자도 인간이지만 결국 지키고 일으켜 세우는 자도 인간이라는 걸 알기에.

아직도 나는 자책하는 버릇을 버리지 못했다. 풀리지 않는 문제를 맞닥뜨리거나 좌절하고 낙담할 때면 여전히 그 원인을 나 자신에게 돌리고 싶어진다. 가장 최근에도 당장 건물 철거가 예정된 재개발 지역 길고양이들을 도와 달라는 요청에 할 수 있는 일이 별로 없어 발을 동동 구르다가 또 나의 모자람을 탓할 뻔했다. 최선도 차선도 아닌 차악을 택한 뒤 줄곧 그 일을 곱씹었다. 생각하면 할수록 끝없이 슬프고 우울해졌다. 이성과 감정의 영역은 다르기에, 머리로 상황을 다 이해한다고 해도 마음은 온전히 나아지지를 않았다. 그럼에도 이제는 의식적으로라도 부정적인 생각을 털어 내고 자기연민에 빠지지 않으려고 노력한다. 바보 같은 생각을 계속 떨쳐 내기 어려울 때면 각자의 자리에서 전력을 다하는 사람들을 본다. 수많은 동물을 살려 냈고 나도 살렸던 그 희망들을 떠올리면 어느새 캄캄했던 터널 속 여기저기에 반짝반짝 빛이 켜진다. 그래, 이 길을 나 혼자 걷는 건 아니었다.

'우리'라는 단어는 나를 포함해

나와 친밀한 관계를 맺은 대상,

즉 내 편을 가리킬 때 사용하는 말이다.

사람들에게는 저마다

각자 규정한 만큼의 '우리'가 있어서

그 안에 어떤 대상을 포함하는지를 보면

그 사람의 가치관과 삶의 태도까지 짐작할 수 있다.

긴 시간에 걸쳐 나의 '우리' 안에는 동물들이 들어왔다.

　최근 자꾸 눈에 거슬리는 광고가 있다. 전 세계에 지점을 둔 대형 패스트푸드점 광고다. 광고는 뜨거운 팬에서 지글지글 구워지는 햄버거 패티와 분주하게 햄버거를 만드는 모습을 비추다가 문을 열고 나가면 풀밭에서 여유롭게 풀을 뜯는 소들의 장면으로 전환된다. 영상 가득 펼쳐지는 평화로운 초원과 소의 모습을 배경으로 대충 이런 내용의 내레이션이 흘러나온다.

　"사람들은 버거를 빠르게 조리하니까 패스트푸드라고 부르지만, 그 안에는 소가 청정자연을 가득 품고 자라는 정성의 시간이 담겨 있죠."

나는 그 광고를 보자마자 무심코 소리를 빽 질렀다.

"거짓말! 거짓말쟁이들! 햄버거 셀링 포인트를 정성의 시간으로 잡는 건 너무 비양심 아니냐?!"

저 광고를 본 소비자들의 머릿속에는 내심 '아, 저기서 파는 햄버거 패티는 자유롭게 키운 소로 만드는 거구나'라는 생각이 심어질 것이다. 어쩌면 소비자의 마음 한편에 고개를 슬쩍 내밀었을 약간의 찜찜함이나 죄책감 같은 걸 덜하게 만들었을지도 모른다. '이왕 먹을 거라면 더 좋은 재료로 만든다는 햄버거를 먹어야지'라며 선택을 좌우하는 역할을 했을 수도 있다.

광고를 보고 해당 업체의 홈페이지에 들어가 확인해 보니 쇠고기 패티에 사용하는 고기는 '호주 청정지역에서 기른 소의 원료육'이라는 이야기만 적혀 있을 뿐 소고기를 식재료로 하는 전 제품에 자유 방목한 소를 사용한다는 말은 찾을 수 없었다. 게다가 '청정지역에서 기른 소'라는 표현도 우습다. 호주가 청정지역인 것과 그 안에 들어가는 식재료가 어떠한

과정으로 생산되는지는 전혀 다른 문제임에도 '청정지역'이
라는 단어를 써서 마치 그 음식이 매우 깨끗하고 몸에 좋을
것 같은 느낌을 풍긴다. 물론 제품 중 일부는 광고에서처럼
자유 방목을 한 소를 사용할 수도 있다. 하지만 그렇지 않더
라도 전혀 문제될 건 없다. 광고의 목적은 제품의 이미지를
만들어 소비자에게 전달하는 것이지, 진실의 창구가 아니기
때문이다.

육식주의 사회는 보통 이런 식이다. 거짓되고 교묘하다.
사방에서 내 눈과 귀를 가리고 그럴듯한 모습으로 진실을 포
장한다. 보이는 걸 넘어서 그 이면을 파헤치거나 더 깊이 사
유하지 않으면, 사회가 던지는 메시지를 곧이곧대로 받아들
이면, 그것만으로도 육식주의 사회를 공고히 만드는 가담자
가 되어 버리고 만다.

" 채식은 진실을 찾아가는 일 "

그 적극적인 가담자가 바로 여기 있다. 아주 꼼꼼하고 치
밀하게 설계된 육식주의 사회의 한복판에서 나는 참 오래도

그 생활을 즐겼다. 많이 즐거웠던 만큼 벗어나는 데에도 그만큼의 시간과 노력이 뒤따랐다. 고백하자면 사실은 아직도 육식주의에서 완전히 자유롭지 못하다. 금연은 담배를 끊는 것이라 아니라 참는 것이라는 말이 있는데, 내게는 고기가 그랬다. 훌륭하게 실천하는 채식주의자의 눈에는 한심해 보일 수도 있지만, 나는 가끔 아무 고민도 없이 고기를 즐기던 시절을 떠올리면서 그때의 행복했던 감정을 그리워하기도 한다. 금연과 마찬가지로 나의 금육 또한 고기를 끊은 게 아니라 참으면서 살아가는 것뿐이다.

공장식 축산업의 문제점을 깨닫고 나서도 일상생활에서 육식이 가져다주는 원초적이고 일차적인 즐거움에서 벗어나는 데에는 오랜 시간이 필요했다. 물론 지금도 나는 완벽한 실천가는 아니다. 그러나 한 가지 달라진 게 있다면 이제는 최소한 내 입에 들어가는 음식과 식재료의 실체에 대해 제대로 들여다보기 위해 노력한다는 점이다. 최근 맛있게 먹은 수프의 완성도에 가장 큰 공을 세운 치킨스톡을 보자. 설령 고기를 뜯어 먹지는 않았을지라도 치킨스톡 역시 닭을 사용하는 식재료다. 최단 시간에 급속도로 몸집을 키우는 과정에서 닭들은 체중을 이기지 못해 다리가 부러지고 비좁은 환경에서의 스트레스 때문에 서로를 공격해서 죽이기도 한다. 이 끔찍한 과정이 수프 한 그릇에 고스란히 들어갔음을 알면서도 나는 그 수프를 맛있게 먹었다. 유제품의 이면에는 의지와 상관없이 임신, 출산을 반복하는 어미 소와 태어나자마자 어미 젖을 빼앗기는 송아지가 있다. 달걀은 또 어떤가. 집에서야 난각번호 1번인 달걀만 사 먹는다지만 바깥 음식에서 사용하는 달걀은 난각번호 3, 4번이 압도적으로 많은 비율을 차지할 것이다. 난각번호 3, 4번이 찍힌 달걀은 A4 용지보다 더 작은 배터리 케이지에 갇혀 알 낳는 기계로 살아가는 산란계가 생산해 낸 고통의 산물이다.

내가 먹는 음식과 이를 구성하는 식재료가 어떠한 과정을 거쳐 내 식탁에 왔는지 알면서도 나는 아직 비건의 길로 들어서지 못했다. 예전에는 마음 같지 않게 제대로 해내지 못하는 스스로를 원망하고 부끄러워도 했다. 하지만 나는 이제 스스로에게 수없이 비난의 화살을 꽂고, 나를 탓하며 징징거리는 일을 그만두었다. 차라리 그 시간에 아무리 보잘것없는 일이라도 내가 할 수 있는 걸 찾아서 하는 게 훨씬 낫다. 언젠가부터 항상 죄책감에 시달리던 내게 채식을 위해 노력한다는 것은, 설령 그 실상이 불완전하고 부족함투성이일지라도 시도를 한다는 자체만으로 위안이 되었다. 비록 완벽하게 해내지 못하더라도 매 끼니를 앞에 두고 지금의 식사가 얼마나 많은 생명의 희생과 고통으로 이루어졌는지 고민할 때면, 내가 조금 더 괜찮은 사람이 된 기분이었다.

약 200년 전 브리야 사바랭(Brillat-Savarin)은 "당신이 무엇을 먹었는지 알려 준다면 당신이 어떤 사람인지 알려 주겠다"라는 유명한 말을 남겼다. 그 사람이 먹는 음식이 곧 그 사람을 규정한다는 의미다. 당시에는 계급에 따라 먹을 수 있는 음식의 종류나 조리법이 달랐기 때문에 음식을 통해 신분이나 재력을 짐작할 수 있었다고 한다. 그러나 이제 누가 무엇을 먹느냐는 단지 계급이나 재력을 넘어 그 사람의 가치관과 신념까지도 드러내는 도구가 되었다. 한참의 시간이 지나 공식적인 계급제가 사라진 지금에도 브리야 사바랭의 말은 유효하게 작용한다. 다만 이렇게 달라져야 할 것 같다. "당신이 무엇을 먹을지 고민하고 선택하고 음식을 입에 넣는 순간까지의 전 과정이 당신을 규정한다"라고.

" 채식과 동물은 나의 구원이자 치유 "

　이제 마지막에 다다랐으니 털어놓건대 이 책을 쓰는 상당 시간 동안 그다지 상황이 좋지 않았다. 예전부터 있던 우울증이 이직과 동시에 극도로 심해져 결국엔 약을 먹지 않고는 일상생활을 하기 어려울 지경이 되었다. 그러나 약의 힘을 빌려 봐도 원인을 제거하지 못한 채 지속해야 하는 삶은 그 자체가 고통이었다. 잡고 올라갈 끈 하나 없는 깊은 구덩이에 빠진 듯 곧 끊어질 걸 알면서도 썩은 나무줄기라도 아등바등 붙들고 늘어지고픈 심정이었다.

　살아간다기보다 버틴다는 말이 더 어울리는 일상을 마지못해 터덜터덜 지나고 있는데, 그 와중에 반려묘 중 하나인 순백이가 말기암 판정을 받았다. 치료법도 없어 항암과 연명 치료를 해 왔던 우리 고양이는 투병 6개월 만에 내가 보는 앞에서 무지개다리를 건넜다. 진부한 표현이지만 내 목숨이라도 기꺼이 나눠 줄 수 있을 만큼 소중한 반려묘가 반년에 걸쳐 서서히 죽어 가는 모습을 지켜본 나는 결국 고양이가 떠나고 나자 거의 제정신이 아니었다. 밖에서는 아무렇지 않은 척 실없는 소리를 하고 웃기도 했지만, 집에 오면 남아 있을 순백이의 수많은 자취와 흔적을 보게 될 것이 두려워 불도 켜지 않고 울고 또 울었다. 자는 듯한 모습으로 뜨거운 화장장 불길 속으로 들어가 한 줌의 재가 되어 나온 장면만이 눈앞에서 수도 없이 꺼졌다 켜졌다. 삶의 바로 옆에 짝꿍처럼 붙어 있는 죽음을 인지하고 나니 모든 것이 허망했고, 허무함과 상실의 고통만이 머릿속을 가득 채웠다. 순백이가 떠난 후 내 세상은 온통 흑빛이었고 모든 게 무의미해졌다. 이 상태로는 도저히 연대니 채식의 실천이니 같은 소리를 할 수가 없었다.

그러나 이렇게 아픈 시간을 토로하면서도 나는 아직 살아 있다. 내 기분이나 상황이 어떻든 나는 아직 내 곁에 남아 있는 반려묘 둘을 책임져야 한다. 그들에게 최선을 다하는 동시에 먼저 떠난 순백이를 오래오래 기억하고 추억해야 한다. 그리고 더 나아가 단지 동물로 태어났다는 이유만으로 착취와 희생의 대상이 되고 있는 동물을 위해 미약한 힘이라도 보태야 할 의무가 있다. 과거에도 그랬듯이 내가 괴로울 때 붙잡아야 하는 대상은 썩은 나무줄기가 아닌, 동물과 동물을 위해 자신의 시간과 삶을 쓰는 사람들이었다. 그들이야말로 나의 구원이자 치유였다.

내가 글을 쓰는 순간마다 늘 마음에 두었던 생각은 누구나 쉽게 할 수 있는 입바른 말을 줄줄 늘어놓지 말자는 것이었다. 입으로 옳은 말을 하는 건 얼마나 쉬운 일인가. 그러나 이를 행동으로 옮기는 건 그보다 수백 배 어렵고, 그 행동을 계속 유지하는 건 훨씬 더 힘들다. 나는 이 책을 통해 채식이 이치에 합당하고 채식을 실천하는 것이 얼마나 숭고한 가치가 있는 일인지 나열하며 누군가를 설득하고 싶지 않다. 그저 어딘가 나와 같은 이가 있다면, 애매한 윤리의식과 적당한 비겁함에 자책을 연발하면서도 동물과 지구에 해를 덜 끼칠 방법을 계속 찾아 헤매는 누군가가 있다면 그냥 앞으로도 계속 이렇게 살아 보자고 권하고 싶다. 지금 이 책 너머로 눈을 맞추고 있는 모두에게 응원의 메시지를 전한다. 완벽하지 않고 가끔은 완전히 실패도 하겠지만 그럼에도 불구하고 포기할 생각은 없는 선량한 고집쟁이들에게 조심스레 손을 내밀어 본다.

02 고기를 끊겠다고 다짐했던 계기

- '구제역 재앙' 눈 감았나? 韓·美 '쇠고기 전면개방' 추진 (박상표 국민건강을위한수의사연대 정책국장, 프레시안, 2011.03.24.) www.pressian.com/pages/articles/103872

- 생매장 돼지들의 절규 (동물사랑실천협회 제공, 한겨레TV, 2011.02.25.) www.youtube.com/watch?v=MwwPgoz-Vyo

03 채식을 향한 시도, 그 뒤 10년

- 《1389번 귀 인식표를 단 암소》, p.113~114, 캐스린 길레스피 저, 윤승희 역, 생각의길, 2019.

04 동물권운동을 하며 느낀 딜레마 : 동물 착취의 가해자이자 수혜자로서의 나

- 동물자유연대 animals.or.kr

05 문제보다는 해결에 속하는 삶을 선택한다는 것

- '채식의 날' 지정하고, 채식 가게 홍보하고…서울시의회 '채식 조례' 제정 (허남설, 경향신문, 2021.03.05.) www.khan.co.kr/local/Seoul/article/202103051754001

07 음식이라 불리는 생명에 대한 최소한의 예의

- 영화 <나의 문어 선생님(My Octopus Teacher)>, 피파 에를리히 · 제임스 리드 감독, 2020.

- 아카데미가 주목한 '문어 선생님'…문어도 정서적 고통을 느낀다 (천권필, 중앙일보, 2021.04.27.) www.joongang.co.kr/article/24045091

- "바닷가재 산 채로 삶으면 학대"…영국, 동물복지법 개정 예정 (신정연, MBC NEWS,

2021.07.09) imnews.imbc.com/news/2021/world/article/6285041_34880.html

09 도살장의 벽이 유리로 되어 있다면

- 《우리가 먹고 사랑하고 혐오하는 동물들》, p.299~309, 할 헤르조그 저, 김선영 역, 살림 출판사, 2011.
- 《1389번 귀 인식표를 단 암소》, '낙농업의 이중사고' 챕터 참고

11 끝없는 논란에도 불구하고 개 식용 종식만이 답인 이유

- 동물자유연대 '개식용 종식' 캠페인
- 《고기로 태어나서》, 한승태 저, 시대의창, 2018.
- '개 식용 금지' 공론화… 사회적 합의 추진 (배주환, MBC NEWS, 2021.11.26.) imnews.imbc. com/replay/2021/nw930/article/6318463_34929.html

13 암컷 동물과 인간 여성 간 억압과 착취의 유사성

- '대한민국 출산지도', 여성 비하 논란 확산되자 사과문 게재 (서울신문, 2016.12.30.) www. seoul.co.kr/news/newsView.php?id=20161230500080&wlog_tag3=naver
- 《육식의 성정치》, p.168~170, 캐럴 제이 애덤스 저, 류현 역, 이매진, 2018.

14 당신에게 당연한 삶이 우리에게도 당연해지기를

- 경의선숲길 고양이 '자두' 살해범 징역 6월 법정구속 (박현철, 한겨레, 2019.11.21.) www. hani.co.kr/arti/animalpeople/human_animal/917890.html
- 《동물학대의 사회학》, p.31, 78~79, 클리프턴 P. 플린 저, 조중헌 역, 책공장더불어, 2018.

16 채식을 지향한 지 10년 만에 채식의 유행을 맞이하며

- 내가 마시는 코코넛밀크가 목줄 묶인 '원숭이 노동착취' 결과물? (김지숙, 한겨레, 2021.03.05.) www.hani.co.kr/arti/animalpeople/human_animal/985601.html

17 비난을 위한 비난은 무엇도 바꾸지 못한다

· [댓글살롱] "살해 멈춰!" 고깃집서 외친 채식주의자 논란 (강신우, 서울경제, 2019.06.20.)
www.sedaily.com/NewsView/1VKHOTBVD0

· 《무례한 시대를 품위 있게 건너는 법》, p.101, 악셀 하케 저, 장윤경 역, 쌤앤파커스,
2020.

18 혐오의 대상이자 변화의 희망이기도 한 인간

· 《모든 동물은 평등하다》, p.117, 피터 싱어 저, 김상우 역, 오월의봄, 2013.

불완전 채식주의자

2022년 05월 04일 초판 01쇄 인쇄
2022년 05월 12일 초판 01쇄 발행

지은이 정진아

발행인 이규상 편집인 임현숙
편집팀장 김은영
책임편집 강정민 교정교열 김화영
디자인팀 최희민 권지혜 두형주 마케팅팀 이성수 김별 김능연 강소희 이채영
경영관리팀 강현덕 김하나 이순복

펴낸곳 (주)백도씨
출판등록 제2012-000170호(2007년 6월 22일)
주소 03044 서울시 종로구 효자로7길 23, 3층(통의동 7-33)
전화 02 3443 0311(편집) 02 3012 0117(마케팅) 팩스 02 3012 3010
이메일 book@100doci.com(편집·원고 투고) valva@100doci.com(유통·사업 제휴)
포스트 post.naver.com/h_bird 블로그 blog.naver.com/h_bird
인스타그램 @100doci

ISBN 978-89-6833-375-0 03810
ⓒ정진아, 2022, Printed in Korea